Josef F. Justen

AF236551

Über das Leben und Wirken der sogenannten »Toten«

spirituelle Kurzgeschichten
aus dem Reich der Toten

Bibliografische Information der Deutschen Nationalbibliothek:
Die Deutsche Nationalbibliothek verzeichnet diese Publikation
in der Deutschen Nationalbibliografie; detaillierte bibliografische
Daten sind im Internet über dnb.dnb.de abrufbar.

Titelfoto (modifiziert): © Fotos auf pixabay

Herstellung und Verlag:
BoD – Books on Demand, Norderstedt

ISBN: 9783755735786

Die Toten starben nicht. Es starb ihr Kleid.
Ihr Leib zerfiel, es lebt ihr Geist und Wille.
Vereinigt sind sie dir zu jeder Zeit
in deiner Seele tiefer Tempelstille.

In dir und ihnen ruht ein einiges Reich,
wo Tod und Leben Wechselworte tauschen.
In ihm kannst du, dem eigenen Denken gleich,
den stillen Stimmen deiner Toten lauschen.

Und reden kannst du, wie du einst getan,
zu deinen Toten lautlos deine Worte.
Unwandelbar ist unsres Geistes Bahn
und ewig offen steht des Todes Pforte.

Schlagt Brücken in euch zu der Toten Land,
die Toten bau'n mit euch am Bau der Erde.
Geht wissend mit den Toten Hand in Hand,
auf dass die ganze Welt vergeistigt werde.

Manfred Kyber

Inhaltsverzeichnis

Vorwort	5
Die vergessene Seele	6
Die Begegnung mit Verstorbenen an der Schwelle des Todes	9
Die zerstrittenen Nachbarn	13
Die fromme Martha	18
Das Kind, das sein Schicksal nicht leben durfte	25
Die Vollendung eines Lebenswerkes	32
Die vermeintlichen Zerrbilder des Teufels	35
Wahre Ehen werden im Himmel geschlossen, aber auf Erden gelebt.	40
Wie ein verstorbener Sohn seinem Vater zu neuem Lebensmut verhalf	55
Das selbst gewählte Schicksal	59
Der reiche Gutsbesitzer und der Bettler	64
Das Kind, das seinen Eltern ein großes Opfer brachte	68
Die verlogene Trauerrede	76
Die schützende Kraft der verstorbenen Großmutter	80
Aus der Perspektive des Opfers	85
Eine völlig fremde Welt	89
Die Nachricht aus dem Jenseits	94
Anhang: Zitate zum Thema »Sterben und Tod«	101

Vorwort

Vor nichts anderem fürchten sich die Menschen heute so sehr wie vor dem Tod. Diese Angst basiert darauf, dass man nicht weiß, was nach dem Tod geschieht. Es handelt sich also um die große Angst vor dem Ungewissen.

Viele derjenigen Zeitgenossen, die an ein Leben nach dem Tod glauben, haben völlig falsche oder zumindest unzureichende Vorstellungen von dem, was die sogenannten »Toten« in den geistigen Welten erleben und erfahren werden. Auch glauben viele, dass die Seelen der Verstorbenen ein beschauliches Leben führen würden, in dem es für sie nicht viel zu tun gäbe.

Schon der große griechische Tragödiendichter *Euripides* stellte sich die Frage: »*Wer weiß denn, ob das Leben nicht Totsein ist und das Totsein Leben?*«

Das nachtodliche Leben eines Menschen hat in der Tat mit »Ruhe« nicht das Geringste zu tun. In den übersinnlichen Welten gibt es kein Schlafen, kein Ruhen, kein Pausieren oder Verweilen. Gemessen an der Fülle der Aufgaben, welche der Mensch im Leben zwischen Tod und neuer Geburt zu leisten hat, erscheint das gesamte Erdenleben fast wie ein langer Urlaub.

Die Toten haben noch ein reges Interesse an dem Leben der Menschen, die sie auf der Erde zurückgelassen haben. Sie können ihnen noch etliche Wohltaten erweisen. Auch die Hinterbliebenen können und sollten für ihre lieben Verstorbenen vieles tun, was ihnen ihr nachtodliches Dasein erleichtern kann.

Das Leben und Wirken der sogenannten »Toten« ist in diesem Buch in spannende Geschichten verpackt worden. Wenngleich es natürlich fiktive Erzählungen sind, so enthalten sie große spirituelle Wahrheiten und stehen in vollem Einklang mit den geisteswissenschaftlichen Erkenntnissen.

Diese Geschichten eignen sich auch, um sie älteren oder sterbenden Menschen vorzulesen.

Die vergessene Seele

Z wei Seelen befanden sich schon seit ein paar Jahren in der Geisteswelt, in die sie sich längst gut eingelebt hatten. Da sie im gemeinsamen Erdenleben gute Freunde waren, konnten sie auch jetzt ein schönes und sehr inniges Zusammenleben pflegen. Mit ihren verstorbenen Verwandten sowie mit ihren Engeln waren sie ebenfalls oft beieinander.

Wenngleich es ihnen in der übersinnlichen Welt recht gut erging, so vermissten sie doch immer noch ihre Ehepartner und Kinder, die sie auf der Erde zurücklassen mussten.

Die eine Seele sagte einmal: »Ich schaue oft auf die Erde herunter und versuche, meinen Mann und meine beiden Töchter zu finden. Aber ich kann sie einfach nicht finden. Ich kann ihre Gedanken und Gefühle seit langem nicht mehr wahrnehmen. Kurz nachdem ich gestorben war, haben sie noch oft in Liebe an mich gedacht. Das habe ich mitbekommen. Aber jetzt scheinen sie mich vergessen zu haben. Ich komme nicht mehr an sie heran. Sie sind für mich fast wie ausgelöscht. Es ist so, als gäbe es sie gar nicht mehr.«

»Ja, das ist schlimm!«, entgegnete die andere Seele. »Da geht es mir deutlich besser. Meine Frau und mein Sohn gedenken noch häufig meiner. Das kann ich bestens wahrnehmen, und es tut mir sehr gut. Auch denken sie oft über spirituelle Themen nach. Wenn sie dann abends zu Bett gehen und diese Gedanken mit in den Schlaf nehmen, kann ich mich an diesen laben. Sie sind so etwas wie eine geistige Nahrung für mich.« Dann fuhr die Seele fort: »Bald feiert man auf der Erde wieder die Totengedenktage. Dann werden gewiss auch deine Angehörigen an dein Grab gehen, Gebete sprechen und an dich denken. Also, gedulde dich noch eine Weile.«

Die erste Seele war etwas skeptisch, fieberte aber dennoch den Gedenktagen entgegen.

Dann kam der Allerheiligentag.

Die Frau, der Sohn und noch zwei Cousins sowie ein Freund der zweiten Seele suchten kurz vor Sonnenuntergang ihr Grab auf. Jeder von ihnen entzündete feierlich ein Grablicht, dachte ganz intensiv und liebevoll an den Toten. Dabei versuchte er so lebhaft wie möglich, ein gemeinsames Erlebnis mit dem Verstorbenen in die Erinnerung zu rufen, bevor er das Licht auf dem Grab platzierte. Nachdem alle so verfuhren, sprachen sie ein paar Gebete. Dabei dankten sie innerlich dem Vorangegangenen dafür, dass sie mit ihm ihr Leben teilen durften. Auch bei der anschließenden Unterhaltung auf dem Heimweg stand der Tote im Mittelpunkt der Gespräche.

Die Seele, derer so gedacht wurde, erlebte das alles sehr intensiv mit. Es war für sie eine unfassbare Wohltat. Dieses liebevolle Gedenken wurde für sie geradezu zu einem Lebenselixier. Sie war ganz selig. Diese Seligkeit hielt noch lange über den Tag hinaus an.

Auch der Mann der ersten Seele suchte mit seinen beiden Töchtern am Allerheiligentag ihr Grab auf. Sie machten es aber nur, weil es Tradition war. Der Mann dachte: »Die Toten bekommen das ohnehin nicht mit, falls sie überhaupt noch existieren. Aber wenn wir keine Lichter aufs Grab stellen würden, könnten andere Leute glauben, wir hätten keine gute Ehe geführt.« So stellten die Drei besonders viele Lichter aufs Grab. Während sie das machten, dachten sie an alles Mögliche, nur nicht an die Verstorbene. Schon nach wenigen Minuten machten sie sich auf den Heimweg.

Die Seele, die sich so auf diesen Tag gefreut hatte, war maßlos enttäuscht. Wieder konnte sie keine Verbindung zu ihren Hinterbliebenen finden.

Am nächsten Tag schilderte sie der anderen Seele von ihrer Enttäuschung: »Mein Mann und meine Töchter haben wieder nicht meiner gedacht. Ich glaube, sie waren nicht einmal auf dem Friedhof. Ich bin sehr traurig.«

Die andere Seele versuchte sie zu trösten. »Ja, das ist wirklich schlimm! Aber man kann und darf die Menschen zu nichts zwingen. Dir bleibt wohl nichts anderes übrig, als zu warten, bis auch sie die Schwelle des Todes überschreiten. Erst dann könnt ihr wieder vereint sein.«

Für die vergessene Seele war das allerdings nur ein schwacher Trost...

Die Begegnung mit Verstorbenen an der Schwelle des Todes

Freddy Broy hatte über vierzig Jahre in einem Kohlebergwerk unter Tage schwer geschuftet. Als er seinen 60. Geburtstag feierte, war er sehr froh, endlich das Rentenalter erreicht zu haben.

Er hoffte, jetzt genügend Zeit zu finden, um seinen zahlreichen Interessen und Hobbys nachgehen zu können.

Doch die so gewonnene Zeit konnte er nicht allzu lange nutzen. Ein knappes Jahr nachdem er in den Ruhestand gegangen war, klagte er immer häufiger über Magenschmerzen und Übelkeit. Außerdem musste er sich oftmals übergeben, nachdem er eine Mahlzeit eingenommen hatte.

Der Internist, den er konsultierte, musste ihm eine niederschmetternde Diagnose mitteilen: Herr Broy hatte Magenkrebs im fortgeschrittenen Stadium. Bei der kurz danach durchgeführten Operation wurde ihm diejenige Hälfte seines Magens, in der sich das Krebsgeschwür eingenistet hatte, entfernt. Allerdings stellte sich heraus, dass der Krebs schon gestreut hatte. In einigen anderen Organen hatten sich bereits Metastasen gebildet.

Herr Broy, seine Frau und seine Tochter Gerda, die noch in der elterlichen Wohnung lebte, waren völlig schockiert. Der Arzt konnte nicht umhin, ihnen zu sagen, dass seine Lebenserwartung nur noch wenige Monate betragen werde.

In den folgenden Wochen konnte Herr Broy noch ein halbwegs normales Leben führen. Doch nach etwa vier Monaten verschlechterte sich sein Zustand drastisch. Da er keinen Appetit mehr hatte, aß er kaum noch etwas. Er wurde von Tag zu Tag schwächer. Schließlich war er so ausgezehrt und geschwächt, dass er das Bett nicht mehr verlassen konnte. Seine Frau und Gerda betreuten und pflegten ihn aufopferungsvoll.

Dann kam der Tag, dass er nicht mehr sprechen konnte. Der Krebs hatte sich auch im Kehlkopf breitgemacht. Darüber hinaus wurde er von starken Schmerzen geplagt. Als Frau Broy den Hausarzt bat, nach ihm zu schauen, meinte dieser: »Da ist nichts mehr zu machen. Machen Sie sich mit dem Gedanken vertraut, dass Ihr Mann nicht mehr lange unter uns weilen wird, Frau Broy.«

Wegen seiner Schmerzen, injizierte der Arzt ihm ein starkes schmerzlinderndes Serum. Dann sagte er: »Das Einzige, was ein Arzt für Ihren Mann noch tun kann, ist, ihm seine letzten Tage so erträglich wie möglich zu gestalten. Übrigens, die Wirkung des Schmerzmittels hält nicht lange an. Ich rate Ihnen, sich an den Hospizverein zu wenden. Die haben erfahrene Palliativkräfte, die regelmäßig nach Ihrem Mann schauen und eine geeignete Schmerzmedikation durchführen.«

Am nächsten Tag rief Frau Broy beim Hospizverein an und schilderte das Problem. Bereits am gleichen Abend kam ein Palliativarzt, Dr. Weiss, vorbei. Er schaute sich den Patienten näher an und gab ihm eine Schmerzspritze. Anschließend sagte er zu Frau Broy: »Ich werde nun jeden Nachmittag vorbeikommen und die Medikation anpassen. Schmerzen muss Ihr Mann nicht erleiden.«

In der Tat kam Dr. Weiss an den folgenden drei Tagen und sorgte dafür, dass Herr Broy keine Schmerzen hatte.

Die Schmerzmedikation schien zu helfen. Herr Broy lag jetzt meistens ganz ruhig auf seinem Sterbelager, ohne Schmerzen zu signalisieren. Er war allerdings nicht mehr ansprechbar. Nachdem er schon seit Tagen nicht mehr selbst sprechen konnte, konnte er jetzt auch nicht mehr verstehen, was andere sagten. Mal mit geschlossenen, mal mit offenen Augen dämmerte und döste er vor sich dahin.

Eines Tages machte Frau Broy eine Beobachtung, die sie sehr verstörte. Ihr Mann lag wie immer auf dem Rücken. Er schaute mit leerem Blick nach oben und fuchtelte wild mit den Händen herum.

Es machte den Eindruck, als kommunizierte er mit irgendwelchen fiktiven Wesen. Manchmal vermittelte er den Eindruck, als ob er einem unsichtbaren Wesen die Hand schütteln wollte. Auch am nächsten Tag konnten Frau Broy und ihre Tochter dieses Gebaren einige Male beobachten. Beide waren der Meinung, dass es sich dabei um sehr bewegende Träume handeln würde. Einmal hatten sie den Eindruck, als ob er seine Lippen zu einem Wort formen wollte, das aber nur mit etwas Phantasie hörbar war. Sowohl seine Frau als auch Gerda waren sich sicher, dass das unhörbare Wort »Mutter« lautete.

»Dass er jetzt an verstorbene Verwandte oder Freunde denkt oder von ihnen träumt, mag ja nicht so verwunderlich sein. Dass er aber ausgerechnet an seine Mutter denkt, erstaunt mich«, meinte Frau Broy. Tatsächlich hatte ihr Mann selten über seine seit mehr als dreißig Jahren verstorbene Mutter gesprochen. Viel häufiger hatte er von seinem Vater und seiner Schwester Grete, die ebenfalls vor langer Zeit gestorben waren, erzählt.

Als Dr. Weiss am Nachmittag vorbeischaute, berichteten die beiden ihm von dem sonderbaren Verhalten. Herr Weiss rang sich ein gequältes Lächeln ab und meinte wissend: »Das ist nichts Ungewöhnliches. So etwas habe ich schon öfters gehört und auch selbst wahrgenommen. Damit Ihr Mann bzw. Ihr Vater keine Schmerzen zu ertragen hat, musste ich die Medikation recht hoch dosieren. Das hat natürlich den Preis, dass er nicht mehr bei klarem Bewusstsein ist und nicht mehr viel von dem, was um ihn herum geschieht, mitbekommt. Außerdem kann es dazu führen, dass der Patient halluziniert. Er bildet sich dann ein, Personen zu sehen, die definitiv gar nicht da sind. Aber machen Sie sich keine Sorgen. Das ist für den Patienten ein angenehmer Zustand.«

Nachdem der Arzt sich verabschiedet hatte, trieb die beiden die Frage um, ob es wohl eine richtige Entscheidung war, der starken Schmerzbehandlung zuzustimmen. Insbesondere bedauerten beide sehr, dass es so nicht mehr möglich sein konnte, sich von dem Sterbenden zu verabschieden. Darüber hinaus gab es noch einige

Dinge, die sie gern mit ihm besprochen hätten. All das war jetzt nicht mehr möglich.

Als sie so noch fragend und zweifelnd am Sterbebett saßen, bemerkten sie plötzlich, dass Herr Broy noch ein paar Mal tiefer und kräftiger als üblich atmete. Dann ging er über die Schwelle des Todes...

Ähnlich wie er in seinen letzten Erdentagen vor sich hin dämmerte, verblieb er auch nach seinem Übergang in die jenseitige Welt noch eine kurze Zeit lang in einem Dämmerzustand.

Doch dann wurde er gewahr, dass er von einer Schar von Seelen umgeben war. Er erkannte seine Eltern, seine Schwester Grete und noch etliche andere, die schon vor ihm die Schwelle des Todes überschritten hatten. Alle nahmen in freudig und herzlich in Empfang. Man feierte das Wiedersehen.

Seine Mutter sagte: »Schön, mein Junge, dass es dir gelungen ist, dich von deinem Erdenleib zu lösen. Du hast ziemlich kämpfen müssen, um diesen Schritt zu gehen. Ich habe dir dabei geholfen. Aber das weißt du ja. Du hast es ja bemerkt, dass ich schon *vor* deinem Übertritt bei dir war!«

Die zerstrittenen Nachbarn

ie Nachbarn Peter Bachmann und Johann Goller lebten schon seit Jahrzehnten Tür an Tür in einer kleinen Gemeinde in Osttirol.

Man kann nicht gerade sagen, dass sie dicke Freunde waren, aber sie kamen zumindest lange Zeit bestens miteinander aus. Häufig saßen sie beieinander und sprachen über Gott und die Welt. Ihre Freizeitinteressen waren nahezu deckungsgleich. Hier waren sie auf einer Wellenlänge. So liebten sie es sehr, gemeinsame Bergwanderungen oder Fahrradtouren zu unternehmen.

Allerdings hatten sie insbesondere in politischen und gesellschaftlichen Fragen eine sehr konträre Anschauung. Da beide ziemlich rechthaberisch waren, führte es oftmals zu hitzigen Diskussionen. Nur hin und wieder kamen sie dabei auf einen gemeinsamen Nenner. Immerhin ließ jeder dem anderen seine Meinung, wenngleich er sie nicht teilen konnte. Diese Debatten führten jedoch nie zu einem Streit.

Doch das sollte sich zu Beginn des Jahres 2020, dem ersten Jahr der sogenannten »Corona-Pandemie«, drastisch ändern.

Peter war der festen Überzeugung, dass alles, was über die offiziellen Medien aus den Mündern der Politiker und Experten verlautbart wurde, uneingeschränkt den Tatsachen entspreche. Er hielt das Corona-Virus für einen Killer-Virus und begrüßte die aus seiner Sicht alternativlosen Corona-Maßnahmen bis hin zum Lockdown.

Johann sah das ganz anders. Er verurteilte die weltweit geschürte Panik und die Maßnahmen, die er für kontraproduktiv hielt.

Von nun an führte fast jedes Gespräch, das sie miteinander führten, früher oder später zu Streit, wenngleich sich alles noch im Rahmen bewegte.

Die Situation verschärfte sich gewaltig, als die Impfkampagne begann. Peter ließ sich von der Empfehlung, dass sich jeder Erwachsene impfen lassen solle, überzeugen. Er sah in der Impfung die einzige Möglichkeit, um der Pandemie Herr zu werden. Innerhalb weniger Wochen ließ er sich zweimal den kleinen Pieks geben. Er hielt die Impfstoffe für ein Geschenk des Himmels.

Johann hingegen verurteilte die öffentliche Propaganda, die zur Impfung riet. »Die Impfstoffe sind nicht hinreichend lang getestet worden. Heute kann kein Mensch wissen, welche Nebenwirkungen und Spätfolgen diese nach sich ziehen. Außerdem bin ich strikt gegen genbasierte Seren. Das, was du mit dir machen lässt, sind Menschenversuche!«, wetterte er gegen Peter.

Peter konterte: »Du bist unsolidarisch, weil du die Impfung verweigerst und somit andere, die sich nicht impfen lassen dürfen, gefährdest! Des Weiteren wirst du dich früher oder später infizieren und womöglich schwer erkranken.«

So und ähnlich verliefen ihre Gespräche in den folgenden Wochen. Es war kein Raum mehr für andere Themen. Corona beherrschte ihr Zusammensein.

Beide hatten also offensichtlich nicht nur völlig konträre, sondern auch sehr extreme Ansichten. Immer wieder versuchten sie, dem anderen ihre Sicht der Dinge argumentativ zu untermauern. Aber die Argumente des einen prallten am anderen ab. Keiner konnte den Standpunkt seines Nachbarn nachvollziehen oder gar tolerieren. Jeder der beiden beharrte darauf, recht zu haben und die Lage objektiv und richtig einzuordnen. Es gelang ihnen einfach nicht anzuerkennen, dass die Wahrheit irgendwo in der Mitte lag. Sie konnten zu keinem Konsens finden.

So arteten jetzt fast alle ihrer Gespräche in heftigen Streit aus. Peter beschimpfte seinen Nachbarn als »Verschwörungstheoretiker« und »Covidioten«. Johann war in der Wahl seiner Begriffe auch nicht gerade zimperlich. Er bezeichnete Peter als »dummen Mitläufer« und »unmündigen Bürger«.

Das Verhältnis der beiden wurde von Tag zu Tag schlechter. Es ging so weit, dass sie den Kontakt ganz mieden und den anderen nicht einmal mehr grüßten, wenn sie ihm über den Weg liefen. Am liebsten hätten sie sich gegenseitig ihre vermeintliche Dummheit ausgeprügelt. Aus den ehemals guten Nachbarn, die viele Jahre ein durchaus freundschaftliches Verhältnis gepflegt hatten, waren erbitterte Gegner geworden.

Im Herbst des Jahres 2021 gingen beide innerhalb weniger Wochen durch die Pforte des Todes. Übrigens, keiner von ihnen ist an Covid-19 gestorben!

Nachdem sich die beiden einigermaßen den Verhältnissen, die in den höheren Welten herrschen, angepasst hatten, trafen sie sich erstmals wieder.

Beiden war sofort klar, mit welcher Seele sie es zu tun hatten und in welchem Verhältnis sie im Leben zueinander gestanden waren. Somit wurde ihnen auch gleich bewusst, wie schlecht und unfruchtbar ihre Beziehung in den letzten knapp zwei Jahren ihres Erdenlebens geworden war. Freilich wussten sie jetzt nicht mehr genau, worüber sie sich so heftig gestritten hatten, denn solche Themen spielen in den höheren Welten keine Rolle. Liebend gern hätten sie sich jetzt wieder vertragen und ein harmonisches Beisammensein gepflegt. Nur zu gern hätten sie sich bei dem anderen entschuldigt und ihm nun mehr Zuneigung geschenkt. Aber es war ihnen einfach nicht möglich. Sie kamen nicht so recht an den anderen heran.

Wann immer sie sich in der Folgezeit in der Geisteswelt trafen, verspürten sie in ihrem Inneren den Vorwurf, sich dem anderen gegenüber falsch verhalten zu haben. Das bescherte beiden sehr bedrückende Gefühle und machte sie unendlich traurig.

Da ihre Engel das bemerkten, traten sie eines Tages an die beiden Seelen heran. Der eine Engel sprach: »Geliebte Seelen! Euch ist es in der letzten Zeit eures Lebens leider nicht gelungen, euer ehemals gutes Verhältnis aufrechtzuerhalten. Ihr habt es nicht vermocht, die Meinung des anderen zu tolerieren. Ihr wart beide völlig rechthaberisch und konntet euch nicht in die Lage und Sichtweise des anderen hineindenken. Schließlich habt ihr euch noch ganz zerstritten.«

Die beiden Seelen, die noch vor kurzer Zeit als Nachbarn auf der Erde inkarniert waren, wussten, dass der Engel recht hatte und sie bereuten ihr Fehlverhalten zutiefst.

Dann sprach der andere Engel: »Es ist gut, dass ihr eure Fehler einseht. Aber hier in der Welt, in der ihr nun seid und für lange, lange Zeit sein werdet, könnt ihr euer ungutes Verhältnis nicht ändern. Ihr könnt ihm keine andere Richtung geben, so sehr ihr euch das jetzt auch wünscht. Diese Möglichkeit haben die Menschen nur im Erdenleben. Dort hättet ihr euer liebloses Verhalten in der einen oder anderen Form wieder ausgleichen, wieder gutmachen können. So hättet ihr etwa um Verzeihung bitten oder euch aussprechen können. Ihr hättet darüber hinaus dem anderen besser zuhören und euch bemühen können, seine Ansichten ein wenig nachzuvollziehen.«

»Ja, aber wie können wir unser Verhalten ändern und unsere Beziehung verbessern?«, fragte die eine Seele.

»Das könnt ihr erst wieder in eurem nächsten Erdenleben. Erst wenn ihr eines fernen Tages wieder als Menschen auf der Erde geboren werdet, habt ihr die Gelegenheit dazu.«

Die Seele, die noch vor ein paar Monaten als Peter Bachmann verkörpert war, hatte zwar an ein Leben nach dem Tod geglaubt, das mit den wiederholten Erdenleben hielt Peter jedoch für einen ausgemachten Unsinn. Die andere Seele wollte die Gültigkeit der Reinkarnationslehre nicht ganz ausschließen, hatte aber noch gewisse Zweifel. Nun da ihr Engel das so deutlich aussprach, konnte es keine zwei Meinungen mehr geben. Die Geistesschönheit, Lauterkeit und Wahrhaftigkeit dieses überaus erhabenen Wesens war über jeden Zweifel erhaben.

So fragte diese Menschenseele: »Dann müssen wir uns ja im nächsten Leben wieder treffen, oder?«

»Ja, natürlich! Es ist eine Selbstverständlichkeit, dass alle Menschen, die durch ihr Schicksal miteinander verbunden sind, im folgenden Leben wieder zusammenkommen werden«, belehrte sie einer der Engel.

»Werden wir dann wieder Nachbarn sein?«

Der Engel lächelte und sagte ruhig: »Das wäre zwar nicht ausgeschlossen, muss aber keineswegs so sein. Sicher ist nur, dass ihr euch wieder finden werdet. Vielleicht lebt ihr dann als Brüder, als Mutter und Sohn, als Freunde, als Cousin und Cousine oder als Lehrer und Schüler auf der Erde. In welcher genauen Beziehung ihr im nächsten Leben stehen werdet, ist gar nicht so wichtig. Jede mögliche wird euch die Chance geben, ein besseres Zusammenleben zu pflegen und mehr Verständnis für den anderen zu entwickeln.«

»Alle Details werden hier erst sehr viel später entschieden. An diesen Planungen, die von höchsten Engelwesen geleitet werden, dürft auch ihr mitwirken«, ergänzte der andere Engel.

Zunächst waren die beiden Seelen sehr frustriert, da es noch lange Zeit dauern werde, bis sie wieder zu einem guten Verhältnis zueinander finden könnten. In beiden entstand nun der dringliche Wunsch, das Fehlverhalten im nächsten Erdenleben auszugleichen, auch wenn sie noch keine Vorstellung davon hatten, wie das genau geschehen kann. Da müssen sie sich noch in großer Geduld üben.

So wurde ihr zukünftiges Schicksal bereits *keimartig* veranlagt.

Die fromme Martha

Die alte Martha lebte ganz allein in einem kleinen Holzhäuschen in der herrlichen Schweizer Bergwelt, direkt am Fuße eines majestätischen Gipfels. Ihr Mann Urs, mit dem sie eine recht harmonische Ehe geführt hatte, war schon vor fast zwanzig Jahren gestorben. Kinder hatte sie nicht. Gemessen an ihrem hohen Alter – sie hatte die achtzig längst überschritten – war sie noch sehr rüstig. Sie war von einer Frömmigkeit, die in der heutigen Zeit nur noch äußerst selten vorkommt. Es dürften wohl nur wenige Tage vergangen sein, an denen sie sich nicht aufgemacht hätte, um am Gottesdienst in der Dorfkirche teilzunehmen, obwohl der Weg zur Kirche recht lang und beschwerlich war.

Jeden Abend las sie mindestens eine halbe Stunde in der Heiligen Schrift.

Eines Morgens suchte sie nach der Heiligen Messe den Pfarrer in der Sakristei auf.»Hochwürden, es ist so weit!«, sprach sie.»Jetzt will der liebe Gott mich endlich bei sich haben. Ich bitte Sie, mir das Sakrament der Letzten Ölung zu spenden.«

Der Pfarrer war etwas verdutzt, zumal die alte Martha noch einen durchaus gesunden und agilen Eindruck vermittelte. »Aber liebe Martha! Das hat doch noch ein wenig Zeit. Sie sind doch noch recht gut beieinander«, wollte er sie vertrösten. Schon recht bald merkte er aber, dass es der guten Frau ernst mit ihrer Bitte war. So kamen die beiden überein, das Ritual noch am gleichen Abend in ihrem Häuschen durchzuführen.

Nachdem der Pfarrer ihr das Sakrament gespendet hatte, las er ihr auf ihren Wunsch die Passionsgeschichte aus dem Matthäus-Evangelium vor. Anschließend plauderten die beiden noch ein wenig miteinander. Martha meinte:»Ich habe keine Angst vor dem Tod! Ganz im Gegenteil! Ich freue mich schon so sehr darauf, dann wieder mit meinem Urs vereint zu sein. Noch viel mehr aber freue ich mich darauf, endlich den lieben Gott sehen zu können. Ich werde ihn doch sehen, oder?«

Der Pfarrer antwortete: »Ja, selbstverständlich werden Sie ihn sehen. Sie waren ein so frommer Christenmensch, dass ich mir sicher bin, dass der liebe Gott Sie persönlich am Himmelstor in Empfang nehmen wird!« Dann fuhr er lächelnd fort: »Aber, ich glaube, der kann sie jetzt noch gar nicht brauchen. Sie werden sehen, Sie überleben uns noch alle.«

Am nächsten Morgen wunderte sich der Pfarrer, dass die alte Martha nicht zur Morgenmesse erschienen war. Die fromme Martha war wenige Stunden, nachdem sie die Letzte Ölung empfangen hatte, sanft und friedlich entschlafen.

Als sie durch die Pforte des Todes schritt, war sie zunächst ein wenig verwirrt. Alles war so gänzlich anders, als sie sich den Himmel immer vorgestellt hatte. Sie hatte etliche Wahrnehmungen, konnte diese aber nicht so recht einordnen. Sie war umgeben von einem unfassbar hellen und strahlenden Licht. Sie wusste nicht, wo es herkam. Doch dann fühlte sie plötzlich, dass sich ihr eine Seele näherte. Es war die ihres vor langer Zeit verstorbenen Mannes, der sie auf das Herzlichste willkommen hieß. Die beiden freuten sich ungemein, jetzt endlich wieder vereint zu sein. Jetzt erst realisierte Martha so richtig, dass sie gestorben war. Sie sagte, während sie sich noch von dem golden strahlenden Licht, das nicht von Urs herrührte, wie geblendet fühlte: »So sieht also der Himmel aus! Irgendwie habe ich mir das ganz anders vorgestellt. Aber egal, Hauptsache wir sind wieder zusammen und ich kann bald den lieben Gott sehen. Kannst du mir zeigen, wo ich ihn finden kann?«

Ihr Mann sagte nur: »Gemach, liebste Martha! So einfach ist das nicht!« »Aber *du* wirst ihn doch schon gesehen haben, oder?«, fragte sie.

»Nein, ich habe ihn auch noch nicht sehen können. Das ist wie gesagt nicht so einfach.«

Martha war ganz entsetzt, dass ihr Mann den lieben Gott noch nicht gesehen hatte, obwohl er schon so lange in der Himmelswelt war. Dann dachte sie:»Nun ja, der gute Urs war kein so frommer Christ. Er war nur selten in der Kirche. Da will der liebe Gott ihn wohl nicht so schnell sehen. Aber ich bin mir sicher, dass *ich* ihn bald treffen werde.«

Nach einiger Zeit wurde Martha gewahr, dass dieses Licht, das noch viel heller leuchtete und strahlte als die Sonne, ein ganz reales Wesen war. Sie war noch so geblendet von der Lichtesfülle, dass sie geraume Zeit benötigte, um den Anblick dieses Wesens ertragen zu können. Dann warf sie sich dem Wesen zu Füßen und sprach mit zitternder Stimme:»Mein Herr und Gott! Endlich bin ich bei dir! Endlich kann ich dich sehen!«

Das Wesen lächelte und sprach:»Mein geliebtes Kind! Ich bin nicht der, für den du mich hältst.« Martha schaute auf und sah, wie anmutig und schön sein Antlitz und seine Gestalt, die sie jetzt nicht mehr so sehr blendeten, waren. Sie konnte gar nicht glauben, dass es nicht der liebe Gott sein sollte. Ein noch schöneres Wesen schien ihr eigentlich nicht vorstellbar. Dann entdeckte sie zwei große goldene Flügel.»Ja bist du etwa ein Engel?«, stammelte sie.

»Ja, ich bin dein Schutzengel«, entgegnete der Engel.

»Ich weiß, dass es dich gibt. Ich habe immer an dich geglaubt«, sprach Martha.

Der Schutzengel sprach weiter:»Solange es dich gibt, war ich immer bei dir. Und ich werde auch jetzt immer bei dir sein.«

»Warum habe ich nur nie gemerkt, dass du immer bei mir warst?«, fragte die fromme Martha.

»Ja weißt du, das ist nicht so einfach. Ihr Menschen könnt uns mit euren Augen nicht sehen. Aber ihr könntet unsere Anwesenheit und unser Wirken spüren, wenn ihr nur genügend aufmerksam wäret«, antwortete der Engel um sogleich fortzufahren:»Ich habe dir in deinem Leben so oft geholfen. Du hast es gar nicht wahrgenommen.«

Martha überlegte und musste dem Engel Recht geben. Sie hatte sein Wirken in der Tat nie wahrgenommen.

Der Engel fuhr fort: »Erinnerst du dich an den Frühling des Jahres 1936? Du wolltest unbedingt zu deiner Schwester nach Deutschland übersiedeln. Du warst fest entschlossen. Mir aber war bewusst, dass du dann ein paar Jahre später in den dortigen Kriegswirren viel zu früh ums Leben kommen würdest. Da musste ich eingreifen. Ich brachte dich mit der jungen Witwe im Dorf zusammen, die, um ihre Kinder durchbringen zu können, täglich beim Bauern arbeiten musste und kaum Zeit hatte, sich um ihre kleinen Kinder zu kümmern. Diese Aufgabe hast du ja dann für viele Jahre mit großer Begeisterung und Liebe übernommen. Gern gabst du dafür dein Vorhaben auf, nach Deutschland zu emigrieren. Oder du erinnerst dich doch sicher auch an die Adventszeit des Jahres 1988, als du plötzlich schwer krank wurdest. Lange Zeit warst du viel zu schwach, um das Haus verlassen zu können. Du hattest schließlich kaum noch Lebensmut und Hoffnung. Ich war es, der dir wieder Mut gab, aus dem die Kraft zur Genesung fließen konnte.«

Martha war ganz still geworden. Nur zu gut erinnerte sie sich noch an diese Zeiten. Ihr Vertrauen und ihre Liebe zu dem Schutzengel wuchsen sehr schnell. Zu gern hätte sie ihm noch unzählige Fragen gestellt. Der Schutzengel merkte das natürlich und sprach: »Du musst dich gedulden. Wir haben jetzt sehr viel Zeit. Du musst noch so vieles lernen.«

»Aber gestatte mir bitte noch eine Frage, lieber Engel!«, bat Martha.

»Nur zu, mein liebes Kind!«, ermutigte sie der Engel, der natürlich längst wusste, was ihr auf dem Herzen lag.

»Wann kann ich denn endlich den lieben Gott sehen?«, fragte sie ganz unbefangen. Der Engel antwortete mit einem mitleidigen Lächeln: »Da musst du noch unendlich viel Geduld haben. Nicht einmal wir Engel können ihn sehen.«

Martha konnte nicht fassen, dass nicht einmal ein Engel den lieben Gott sehen konnte und wurde etwas traurig. Aber dann fasste sie sich wieder. Schließlich war ihr Schutzengel ja fast noch schöner und weiser, als sie sich immer den lieben Gott vorgestellt hatte. Der Engel führte die fromme Martha durch die Himmelswelt und zeigte ihr vieles, was sie langsam auch zu verstehen lernte. Bisweilen wurden die beiden dabei von Urs und dessen Engel begleitet.

Nach und nach traf Martha etliche andere Menschenseelen, die sie in ihrem Erdenleben kennengelernt hatte.

Nach einiger Zeit begegnete sie einem Wesen, das sie bisher noch nie wahrgenommen hatte. Es war noch größer, heller und strahlender als ihr Schutzengel. Sie warf sich ihm vor die Füße und rief ganz erregt: »Mein Herr und Gott! Endlich bin ich bei dir! Endlich kann ich dich sehen!«

Das Wesen entgegnete: »Stehe auf, mein liebes Kind! Ich bin nicht der, für den du mich hältst.«

»Ja, aber wer bist du dann? Bist du etwa auch ein Engel?«, wollte sie wissen. »Ja, in gewisser Weise schon«, antwortete das Wesen. »Ich bin ein Engel der zweiten Stufe. Die Christen nennen mich auch Erzengel.«

Martha war tief bewegt. Von diesen hohen Wesen hatte sie oft in der Kirche gehört. »Was ist denn deine Aufgabe? Warst du auch immer in meiner Nähe?«, wollte sie wissen. »Nicht so direkt!«, antwortete der Erzengel. »Wir haben andere Aufgaben zu erfüllen als die Engel.«

»Was sind denn eure Aufgaben?«, fragte Martha wissbegierig.

Der Erzengel antwortete: »Nun, unsere Aufgaben sind ein wenig verschieden von denen der Engel. Die Engel sind berufen, um einen einzelnen Erdenmenschen, der ihnen anvertraut worden ist, zu beschützen. Unsere Aufgabe ist es, uns um ein ganzes Volk zu kümmern.«

»Was? Um ein ganzes Volk?«, rief Martha erstaunt und anerkennend aus. »Für welches Volk bist denn du zuständig?«

Der Erzengel antwortete: »Für das Volk, zu dem du in deinem Erdenleben gehört hast, natürlich! Für das Volk der Schweizer!«

»Ist es dann auch dir zu verdanken, dass das Volk der Schweizer nicht mit in den schrecklichen Zweiten Weltkrieg verwickelt worden ist?«, fragte sie.

»Ein wenig schon. Aber unsere Möglichkeiten sind auch begrenzt. Die Menschen müssen da schon etwas mitspielen. Viele meiner Amtskollegen konnten ihr Volk nicht vor dem Krieg bewahren«, antwortete der Erzengel. Martha begann mehr und mehr zu verstehen.

Ihr Schutzengel begleitete sie weiter durch die Himmelswelt.

Eines Tages – es dürften nach irdischer Zeitrechnung wohl einige Jahre vergangen sein – traf Martha auf ein weiteres Wesen, das sie zuvor nie zu sehen bekam. Dieses Wesen war noch erhabener, schöner und strahlender als der Erzengel. Ehrfürchtig sank Martha zu Boden und rief siegessicher: »Mein Herr und Gott! Du musst der liebe Gott sein. Endlich bin ich bei dir! Endlich kann ich dich sehen!«

Das Wesen bat Martha aufzustehen und sprach mit ruhiger und freundlicher Stimme: »Mein geliebtes Kind, auch ich bin nicht der, für den du mich hältst. Auch ich bin nur einer der Diener dessen, den du suchst.«

»Ja, wer bist du dann? Gehörst du auch zu den Engeln?«, fragte Martha. Das Wesen antwortete: »Ja, in gewisser Weise schon. Ich gehöre zu den Engeln der dritten Stufe. Ich bin ein Zeitgeist.«

»Was? Ein Zeitgeist? Machst du die Zeit?«, fragte Martha verwundert.

»Nein, so würde ich das nicht ausdrücken. Die Zeit machen wir nicht. Aber wir sorgen ein wenig dafür, dass die Menschen dasjenige machen, was in den einzelnen Zeitepochen das Richtige und Notwendige ist. Wir achten darauf, dass sie die richtigen Gedanken und Ideen haben. Aber das kannst du jetzt noch nicht so ganz verstehen«, antwortete der Zeitgeist geduldig.

Die fromme Martha war ganz nachdenklich geworden. Sie wollte verstehen, was ihr gezeigt und gesagt worden war. Ihr Schutzengel, der immer in ihrer Nähe blieb, spürte das natürlich. Er nahm sie liebevoll zur Seite und sprach: »Mein liebes Kind! Höre mir bitte einmal ganz genau zu! Fromme Menschen wie du glauben immer, dass es der liebe Gott wäre, der alles persönlich bewirkt. Ihr glaubt, dass er euch beschützt, ganze Völker leitet und vieles mehr. Ja, aber wie sollte er das ganz alleine alles schaffen können? Das wäre völlig unmöglich! Dazu hat er ja vor urfernen Zeiten ganze Scharen von Himmelswesen geschaffen, die diese Aufgaben nach seinem Plan übernehmen. Dazu gibt es uns Schutzengel, die Erzengel und die Zeitgeister. Diese hast du ja nun schon ein wenig kennen lernen dürfen. Darüber hinaus gibt es noch viele weitere Wesen, deren Erhabenheit noch viel größer ist als die der Zeitgeister. Alle diese Wesen haben ihre konkreten Aufgaben zu erfüllen und sind somit Diener des lieben Gottes.«

Martha war ganz still geworden und lauschte andächtig. Der Schutzengel fuhr fort: »Der liebe Gott selbst ist ein so unfassbar hohes Wesen, dass man ihn mit keinen Worten und keinen Bildern beschreiben kann. Selbst uns Engeln, ja selbst den Erzengeln und Zeitgeistern, ist sein Anblick verwehrt. Wir sehen ihn nur in seinen Werken.«

Martha hatte jetzt vieles verstanden. Sie schämte sich fast ein wenig, dass sie eine so kindliche Vorstellung von dem lieben Gott hatte. Es überkam sie eine tiefe Dankbarkeit, dass sie mit diesen erhabenen Wesen zusammen sein durfte. Sie zeigten ihr all die Schönheiten der himmlischen Welt, in die sie sich mehr und mehr einzuleben verstand.

Auch mit der Seele, die sich im Erdenleben als Urs verkörpert hatte, sowie mit zahlreichen weiteren, die sie aus ihrem Lebensumfeld kannte, konnte sie jetzt ein inniges Zusammenleben pflegen.

Das Kind, das sein Schicksal nicht leben durfte

Eine Menschenseele stand unweit des Himmelstores und schaute auf die Erde herab. Die Seele wusste, dass es bald wieder an der Zeit sein wird, als Menschenkind auf der Erde geboren zu werden.

In der langen Zeit, die sie in den himmlischen Gefilden verbracht hatte, ist ihr vieles von dem, was sie im letzten Erdenleben an nützlichen und weniger nützlichen Taten vollbracht hatte, klar vors Seelenauge getreten.

Ihr Engel trat an die Seele heran und sprach: »Jetzt wird es nicht mehr lange dauern, bis du wieder auf die Erde geschickt wirst.«

Die Seele hüpfte voller Vorfreude. Der Engel sagte: »Es ist schön, dass du dich freust, wieder als Menschenkind geboren zu werden. Aber dein nächstes Leben wird nicht ganz einfach werden.«

»Das ist mir ganz egal!«, erwiderte die Seele. »Hauptsache ich kann wieder auf die Erde, um mich weiterzuentwickeln.«

Der Engel fuhr fort: »Es ist gut, dass du das so siehst! Aber dein neues Erdenleben wird wirklich sehr, sehr hart werden. Um einen wirklich großen Schritt in deiner Entwicklung machen zu können, musst du ein Leben führen, das dich in vielerlei Hinsicht stark einschränken, das dir etwas sehr Schweres auferlegen wird.«

»Was habe ich zu tun?«, fragte die Seele neugierig und voller Tatendrang.

»Nun, du musst dieses Mal ganz radikale Erfahrungen machen. Du musst mit einer schweren Behinderung zur Welt kommen. In einem solchen Leben wirst du vieles erfahren und lernen, was du bisher noch nicht kennengelernt hast und was dein Erdenleben sehr beeinträchtigen wird«, sprach der Engel ein wenig mitleidig.

»Was sind das für Beeinträchtigungen?«, wollte die Seele wissen. »Nun, du wirst in der Schule nicht gut vorankommen. Vielleicht kannst du auch gar nicht zur Schule gehen. Einen Beruf wirst du wohl auch nicht ausüben können. Dann musst du gewiss häufig mitleidige Blicke oder gar Spott deiner Mitmenschen ertragen. Und du wirst dein ganzes Leben lang auf die Hilfe anderer angewiesen sein. Aber ein solches Leben ist für dich eine Notwendigkeit, um in deiner geistig-seelischen Entwicklung ein großes Stück vorwärts kommen zu können«, antwortete der Engel.

»Das ist doch alles nicht schlimm! Das ist doch der Sinn unserer gesamten Existenz, dass wir Menschenseelen uns weiterentwickeln«, platzte es aus der Menschenseele heraus.

»Also gut!«, sagte der Engel. »Dann komme einmal ganz nah ans Himmelstor und schaue auf die Erdenmenschen herunter! Vielleicht sehen wir ein Menschenpaar, das für dich als Eltern in Frage kommen könnte.«

Die Menschenseele schaute voller Neugier und ganz aufgeregt auf etliche Paare. Doch schon erstaunlich schnell schien sie ihre Entscheidung getroffen zu haben. »Die beiden da unten, die gerade daheim beim Abendessen sitzen, die sollen meine Eltern werden! Schicke mich bitte sofort zu ihnen!«

Der Engel zögerte ein Weilchen und meinte dann: »Ich glaube, das könnte schwierig werden! Ich bin mir nicht ganz sicher, ob die beiden wirklich für deine große Mission die richtigen Eltern sind.«

»Ach bitte!«, flehte die Menschenseele, die jetzt schon eine tiefe Liebe zu der als Mutter erkorenen Frau empfand und fuhr fort: »Genau die beiden möchte ich als meine Eltern! Bitte, lieber Engel, erfülle mir diesen Wunsch!«

Der Engel schwieg eine ganze Weile. Er zweifelte daran, dass die gewählten Menschen für das Vorhaben geeignet seien. Er beriet sich noch kurz mit einem Engel höherer Ordnung. Der Engel zögerte immer noch. Doch dann sprach er: »Nun gut, geliebte Seele, so soll es denn geschehen!«

Er nahm seinen Schützling noch einmal behutsam und liebevoll in seine Flügelarme und entließ ihn auf die Erde.

Die von der Seele als neue Eltern erwählten Menschen waren Werner und Karin Prigge. Das Ehepaar wünschte sich schon seit ein paar Jahren nichts sehnlicher als ein Kind. Herr Prigge wollte unbedingt einen Sohn, der später einmal die Leitung seiner Firma übernehmen könnte.

Die beiden hatten die Hoffnung, Eltern zu werden, fast schon ein wenig aufgegeben, als Frau Prigge plötzlich das Gefühl hatte, schwanger zu sein. Sie eilte zur Apotheke und besorgte sich einen Schwangerschaftstest, den sie noch am gleichen Tage machte. Das Ergebnis war eindeutig: Frau Prigge war schwanger. Die Freude des Paares war riesengroß. Sie konnten ihr Glück kaum fassen.

Mittlerweile war Frau Prigge schon in der zehnten Schwangerschaftswoche. Die Seele fühlte sich im Leib ihrer Mutter pudelwohl und konnte ihre Geburt kaum erwarten. Bei einer Vorsorgeuntersuchung sagte der Arzt Frau Prigge, dass sie einen Jungen bekommen werde. Das beglückte insbesondere Herrn Prigge, der sich ja so sehr einen Sohn wünschte.

Immer wieder malten sich die angehenden Eltern aus, wie schön es wohl sein würde, ein Kind haben und aufwachsen sehen zu dürfen. Schon recht bald richteten sie für ihr Kind ein Zimmer ein, in dem es an nichts fehlte.

Eines Abends meinte Herr Prigge zu seiner Frau: »Du Liebling, irgendwie habe ich Angst, dass unser Kind krank oder mit einer Behinderung zur Welt kommen könnte. Vielleicht solltest du noch einmal deinen Arzt aufsuchen und von meiner Sorge berichten. Es gibt doch heute schon so viele Möglichkeiten, das im Vorfeld zu diagnostizieren.«

Frau Prigge konnte diese Befürchtung eigentlich nicht so ganz teilen, befolgte aber dann doch den Rat ihres Mannes.

Nachdem sie ihrem Arzt von ihrer Besorgnis, die ja im Grunde nur eine Besorgnis ihres Mannes war, berichtet hatte, sprach er: »Ja, es gibt heute in der Tat Methoden, um herausfinden zu können, ob ein Kind mit einer Krankheit oder mit einer Behinderung zur Welt kommen wird. Diese Verfahren sind sehr zuverlässig.«

So entschloss man sich zu einer pränatalen Diagnostik.

Das Ergebnis, das der Arzt den Eheleuten Prigge kurze Zeit später mitteilte, war niederschmetternd: Bei dem Embryo wurde ein genetischer Defekt, eine Chromosomenstörung festgestellt. Der Arzt meinte: »Ihr Ungeborenes hat einen schweren Gendefekt. Es tut mir sehr leid! Es ist Ihre Entscheidung, ob sie das Kind zur Welt bringen wollen!«

Das Ehepaar war entsetzt und todtraurig. Sie konnten es einfach nicht fassen, dass ausgerechnet sie so viel Pech hatten. Ein paar Tage waren sie wie paralysiert. Auch die kleine Seele merkte, dass irgendetwas nicht stimmte.

Eines Abends, als die beiden beieinander saßen, versuchten sie, ihre Gedanken und Gefühle zu ordnen und in Worte zu fassen.

Herr Prigge begann: »Es ist für mich immer noch wie ein Alptraum. Ich kann es nicht verstehen, dass ausgerechnet unser Kind nicht gesund sein soll! Keiner von uns, unseren Eltern und Geschwistern hat so einen Gendefekt! Warum trifft es ausgerechnet unser Kind? Es gibt so viele Paare, die kerngesunde Kinder bekommen haben und sich anschließend gar nicht um sie kümmern. Wir könnten einem Kind alles bieten.«

Frau Prigge entgegnete: »Ja, es ist ganz furchtbar. Ich kann es auch nicht verstehen. Aber wir können doch auch ein behindertes Kind lieb haben und alles für es tun!«

Ihr Mann schwieg eine Weile. »Das ist sicher richtig, aber es sagt sich auch sehr leicht! Weißt du eigentlich, was dieser genetische Defekt bedeutet?«, sagte er dann. »Ja, ich glaube schon«, meinte sie.

Herr Prigge fuhr fort: »In den ersten Jahren mag das alles noch gar nicht einmal so dramatisch sein. Aber das Kind wird ja auch älter. Es wird wohl nie eine normale Schule besuchen können. Es wird nie ein eigenständiges Leben führen können. Und ich hätte, wie du weißt, so gerne einen Sohn gehabt, der später einmal die Leitung meiner Firma übernehmen könnte.«

Dann schwieg er eine Weile, um schließlich fortzufahren: »Du darfst es auf gar keinen Fall zur Welt bringen!«

Seine Frau war schockiert. »Wie könnte ich ein Kind abtreiben lassen, das ich schon seit Wochen unter meinem Herzen trage und bereits sehr liebgewonnen habe«, dachte sie und verließ wortlos den Raum.

An den folgenden Tagen musste sie sehr häufig an das Gespräch mit ihrem Mann denken. »Vielleicht hat er ja doch nicht ganz unrecht. Aber ich könnte eine Abtreibung niemals mit meinem Gewissen vereinbaren«, dachte sie manchmal.

Dann beschloss sie, sich noch von einigen anderen Menschen Rat zu holen.

Schon am folgenden Tag suchte sie den Pfarrer auf und berichtete ihm von ihrem Gewissenskonflikt. Der Pfarrer sprach: »Liebe Frau Prigge, wie Sie wissen, liebt Gott natürlich auch ein behindertes Kind. Nur Er allein weiß, warum gerade Ihrem Kind ein solches Schicksal bevorsteht. Ob Sie das Kind behalten wollen, ist ausschließlich Ihre Entscheidung. Gott wird es verstehen, egal wie Sie sich entscheiden.«

Frau Prigges Hoffnung, dass der Pfarrer ihr eindeutig zureden würde, das Kind auszutragen, wurde jäh zerstört.

Ein paar Tage später traf sie sich mit ihrer besten Freundin, deren Meinung ihr immer sehr wichtig war. Nachdem sie ihr alles erzählt hatte, nahm ihre Freundin sie in den Arm und sagte: »Ach Karin, das ist ja alles ganz furchtbar! Das tut mir so leid für dich! – Willst du denn das Kind bekommen?« Frau Prigge antwortete zögerlich: »Eigentlich war ich mir sehr sicher, dass ich es austragen möchte, aber mittlerweile wachsen meine Bedenken mehr und mehr.«

Die Freundin entgegnete: »Ja Karin, überlege dir das gut! Eine meiner Arbeitskolleginnen hat vor vielen Jahren ein Kind zur Welt gebracht, das wohl den gleichen Gendefekt hatte. Ich weiß wie viele Einschränkungen und Probleme das für die ganze Familie nach sich gezogen hat. Das Kind kam später in ein Pflegeheim. Die Kosten, für die die Eltern zumindest teilweise aufkommen mussten, waren gigantisch. Dieses Schicksal hat letztlich die ganze Familie zerstört.«

Frau Prigge war nun schon sehr nahe dran, ihre Meinung, das Kind austragen zu wollen, zu ändern.

Sie vereinbarte noch einen Termin bei ihrem langjährigen Hausarzt, dessen Einschätzung sie auch hören wollte.

Ohne sich groß mit der Vorrede aufzuhalten, sagte ihr Arzt: »Vermutlich wissen Sie ja schon, was dieser Gendefekt bedeutet. Ihr Kind wird mit an Sicherheit grenzender Wahrscheinlichkeit nie ein selbstbestimmtes Leben führen können. Es wird aller Voraussicht nach lebenslang ein Pflegefall sein und früher oder später in einem Heim untergebracht werden müssen. Bei dieser genetischen Störung kommt noch erschwerend hinzu, dass Ihr Kind möglicherweise einen schweren Herzfehler und die eine oder andere Fehlbildung aufweisen wird. Auch wird sein Immunsystem so geschwächt sein, dass es zu permanenten Infektionen kommen dürfte. Das ist doch kein Leben, weder für Ihr Kind noch für Sie. Also ganz ehrlich, Frau Prigge, wenn ich an Ihrer Stelle wäre, würde ich das Kind wegmachen lassen!«

Tieftraurig und hemmungslos weinend verließ Frau Prigge die Praxis.

Aber die Entscheidung, die sie sich wirklich nicht leicht gemacht hatte, war gefallen: Sehr zur Zufriedenheit ihres Mannes ließ sie ein paar Tage später die Abtreibung in einer Klinik durchführen.

Ganz traurig und unter Schmerzen löste sich die Seele ihres Kindes aus der mütterlichen Organisation.

Wieder in der Himmelswelt, die sie ja noch gar nicht zur Gänze verlassen hatte, angekommen wurde sie von ihrem Engel, der schon auf sie am Himmelstor gewartet hatte, auf das Herzlichste in Empfang genommen.

Der Engel nahm seinen Schützling in seine Flügelarme und sprach: »Meine geliebte Menschenseele, sei nicht traurig! Leider wurde meine Befürchtung bestätigt, dass die von dir gewählten Eltern kein behindertes Kind haben wollten. Aber irgendwie hatte ich die Hoffnung nicht ganz aufgegeben, so dass ich mich letztlich doch deinem Wunsch gebeugt habe.«

»Jetzt war alles umsonst!«, schluchzte die Seele, die immer noch ganz enttäuscht und tieftraurig war.

»Nicht ganz!«, korrigierte der Engel. »Es ist richtig, dass du dein vorbestimmtes Leben, das für dich sehr wichtig gewesen wäre, nicht leben konntest. Das musst du später in einer ähnlichen Form nachholen. Aber die eigentlich ungeplanten Erfahrungen, die du einige Monate lang im Mutterleib machen konntest und insbesondere diese brutale Abtreibung waren auch nicht vergeblich. Auch sie werden dich weiterbringen.«

Das tröstete die Menschenseele ein wenig, deren Tränen langsam trockneten.

Frau Prigge fiel nach der Abtreibung in eine monatelange tiefe Depression. Sie machte sich große Vorwürfe, dass sie den Meinungen anderer Leute gefolgt war, statt auf ihr eigenes Gewissen zu hören.

Frau Prigge wurde nie wieder schwanger. Fünf Jahre später wurde ihre Ehe geschieden.

Die Vollendung eines Lebenswerkes

Heinz Oster war Lehrer für Geschichte und Erdkunde an einer Realschule in Hessen. Er übte seinen Beruf mit viel Engagement und großer Freude aus. Seit er etwa fünfzig Jahre alt war, erwachte in ihm ein großes Interesse für die Geschichte seiner eigenen Familie.

Da er von seinen bereits verstorbenen Eltern nur wenig über seine Vorfahren gehört hatte, begann er nun selbst mit den Nachforschungen. Sein erklärtes Ziel war es, eines Tages eine Familienchronik zu schreiben, mit der er dann auch seine Verwandtschaft erfreuen könnte.

Er suchte zunächst alle noch lebenden Onkel und Tanten auf, um von ihnen möglichst viele Informationen zu bekommen. Er lieh sich von ihnen Fotos und Dokumente aus, die in Zusammenhang mit den gemeinsamen Vorfahren standen und die er dann kopieren ließ. Auch ließ er sich etliche Geschichten erzählen. Auf diese Art erfuhr er bereits vieles über das Leben seiner Groß- und Urgroßeltern.

Nun wurde es schwierig. Um an Daten seiner noch älteren Ahnen zu gelangen, musste er staatliche und insbesondere kirchliche Archive besuchen, in denen er diese erforschen musste. Das war eine regelrechte Detektivarbeit, die Herr Oster sehr genoss. Längst war sein Interesse zu einer Leidenschaft geworden.

Das Forschen in den Archiven ist allerdings keineswegs so einfach und unaufwändig, wie sich das ein Laie vielleicht vorstellen könnte. Hinzu kommt, dass seine Vorfahren aus den unterschiedlichsten Gegenden stammten, so dass er teilweise weite Reisen machen musste, um zu den jeweiligen Archiven zu gelangen. Somit kam er nur langsam vorwärts.

Als er dann mit 63 Jahren pensioniert wurde, hatte er endlich mehr Zeit, um in den Archiven zu forschen. Nach jedem Archivbesuch notierte er alle Daten und Informationen, die er gefunden hatte, fein säuberlich in seiner Chronik, die mehr und mehr anwuchs. In dieser waren neben den Lebensdaten auch etliche Fotos, Dokumente und dergleichen eingebunden. Seine Frau und seine Kinder bewunderten ihn für sein unermüdliches Forschen und Arbeiten, zeigten aber an seinem Lebenswerk nur ein begrenztes Interesse. Lediglich sein ältester Sohn Bernhard ließ sich oftmals über die neuesten Ergebnisse sowie den Stand der Chronik informieren.

Als Herr Oster 68 Jahre alt wurde, kam er insgesamt auf fast 200 Besuche in nahezu zwanzig verschiedenen Archiven. Es machte ihn sehr stolz, dass er einige Linien seiner Vorfahren lückenlos bis ins 16. Jahrhundert zurückverfolgen konnte. Seine Chronik, der krönende Abschluss seiner äußerst zeitintensiven Tätigkeit, der er alles unterordnete, nahm mehr und mehr Gestalt an.

Doch dann starb Heinz Oster ganz plötzlich und völlig unerwartet. Er hinterließ nicht nur Frau und Kinder, sondern auch sein unvollendetes Lebenswerk.

Es fiel ihm sehr schwer, sich in der übersinnlichen Welt einzuleben. Immer wieder dachte er an die Chronik, mit der er seine Verwandtschaft erfreuen wollte und die er nicht mehr ganz fertigstellen konnte. Er konnte einfach keine Ruhe finden, weil er dieses große Ziel, dem er sich fast zwanzig Jahre lang mit größtem Engagement und viel Herzblut gewidmet hatte, nicht zum Abschluss bringen konnte. »Meine ganze Arbeit war umsonst, wenn sie nicht jemand fortsetzt«, dachte er immer wieder. »Aber wer könnte sie fortsetzen?«

Dann fiel ihm sein Sohn Bernhard ein. »Wenn einer die Chronik vollenden könnte, dann er!« Er versuchte ihm gewissermaßen den Impuls zu schicken, die Arbeit zu Ende zu führen. Natürlich durfte und konnte er seinen Sohn nicht dazu zwingen. Er konnte aber gewissermaßen dafür sorgen, dass Bernhard die Neigung verspürte, sich für das Werk zu interessieren. Ein Verstorbener kann auf diese Weise durchaus auf einen Lebenden wirken. Aber meistens wird letzterer das nicht wahrnehmen können.

So war es auch bei Bernhard Oster. Allerdings hatte er oftmals das sichere Gefühl, dass sein Vater ganz in seiner Nähe war und etwas von ihm erbitten wollte. Aber er wusste nicht, um was es sich handeln könnte. Es belastete ihn sehr, dass er nicht wusste, wie er seinem verstorbenen Vater helfen konnte.

Ein paar Tage später traf Bernhard einen Bruder seines Vaters. Als dieser ihn fragte, ob sein Vater seine Familienforschungen noch abschließen konnte, wurde Bernhard blitzartig klar, was sein Vater von ihm wünschte.

Er nahm sich drei Wochen Urlaub. In dieser Zeit schaute er sich alle Zettel an, auf denen sein Vater noch Daten notiert hatte, die er noch nicht in die Chronik aufgenommen hatte. Alle diese Daten pflegte er in das Werk ein. Er brachte also das Lebenswerk seines Vaters zum Abschluss.

Anschließend ließ er die Chronik mehrmals drucken und verschenkte jeweils ein Exemplar an alle Familienangehörigen, die sich dafür interessierten.

Als Heinz Osters Seele mitbekam, wie sich alle über dieses Werk freuten, das ihm so am Herzen lag, war er hochzufrieden. Jetzt erst konnte er die Seelenruhe finden, um sich ganz auf sein nachtodliches Leben einzulassen.

Die vermeintlichen Zerrbilder des Teufels

Schon seit Jahren litt der 69-jährige Anton Husarek an Polyneuropathie, einer Krankheit des peripheren Nervensystems, die bei ihm in einer besonders stark ausgeprägten Form auftrat. Schleichend hatte sie sich über die Jahre entwickelt. Da seine Frau schon vor elf Jahren gestorben war und er keine Kinder hatte, musste er sich schließlich in die Obhut eines Pflegeheimes begeben.

Seine Krankheit hatte mittlerweile dazu geführt, dass sein gesamter Körper mehr oder weniger gelähmt war. Außerdem plagten ihn immens viele Missempfindungen und teilweise sehr heftige Schmerzen. Er konnte nur noch den Kopf etwas drehen, die Augen bewegen und sprechen. Wie ein Gefangener seines physischen Leibes verbrachte er seine letzten Lebensmonate.

Oftmals ist es zu erleben, dass Menschen in einer ähnlichen Situation aus unterschiedlichen Gründen sehr fordernd sind, sowohl dem Personal als auch den Besuchern gegenüber. Herr Husarek war dies nie. Er trug alles mit einer Würde, Gelassenheit und Zuversicht, die selbst das Personal tief beeindruckte. Gerade weil er trotz seiner extremen Hilflosigkeit nicht fordernd war, war es ihnen ein besonderes Anliegen, möglichst häufig nach ihm zu sehen. Nie hatte er sich beschwert, dass sich keiner um ihn kümmere oder dass so lange niemand nach ihm gesehen habe.

Da Herr Husarek nur selten Besuch bekam und einen sehr großen Gesprächsbedarf hatte, rief die Heimleitung beim Hospizverein an und fragte, ob ein Sterbebegleiter verfügbar sei, der ihn hin und wieder besuchen könne.

So wurde Herr Peter Wildmoser beauftragt, Herrn Husarek in seiner letzten irdischen Lebensphase zu begleiten.

Von nun an besuchte dieser den Patienten regelmäßig mindestens zweimal pro Woche. Die beiden waren sich gleich sehr sympathisch und kamen bestens miteinander aus.

Herr Husarek war glücklich, einen Menschen zu haben, mit dem er sich austauschen konnte. Da er ein höchst gläubiger Mensch war, war es ihm stets ein Bedürfnis, über religiöse Themen zu reden. Darüber hinaus erzählte Herr Husarek immer wieder von besonderen Ereignissen aus seinem Leben. Auch schätzte er es sehr, wenn sein Begleiter ihm aus der Heiligen Schrift vorlas.

So vergingen drei Monate

Bevor Herr Wildmoser eines Tages Herrn Husareks Zimmer betreten konnte, fing ihn eine Pflegeschwester ab und bat ihn auf ein Wort: »Herr Husarek hat mir gestern ganz unvermittelt gesagt, dass ich bei seinem Sterben bei ihm sein werde, und dass er sich das auch so wünsche. Ich war ziemlich irritiert und habe ihm versprochen, dass ich das gerne machen werde, sofern ich zufällig Dienst habe und in der Nähe sei. – Übrigens Herrn Husarek geht es heute nicht so gut.«

In der Tat ging es ihm an diesem Tage nicht gut. Auch seine Augen leuchteten nicht so wie üblich und er war nicht sonderlich gesprächig. Herr Wildmoser hielt ihm seine Hand, und die beiden schwiegen. Den Vorschlag, mit ihm gemeinsam das Vaterunser zu sprechen, nahm Herr Husarek dankend an.

Nach einer Weile wurde er plötzlich unruhig, beruhigte sich aber schnell wieder.

Dann fing Herr Husarek an, einige sehr detaillierte Erlebnisse aus seiner frühen und frühesten Kindheit zu erzählen, wobei ihm das Sprechen schon sichtlich schwer fiel. Es ging zum Teil um Begebenheiten, die in seinem zweiten, dritten Lebensjahr stattfanden. An solche frühen Erlebnisse kann sich ein Mensch, der nicht kurz vor der Schwelle des Todes steht, üblicherweise gar nicht erinnern!

Anschließend schwieg er einige Minuten. Plötzlich wurde er wieder unruhig. Seine Unruhe steigerte sich binnen Sekunden gewaltig. Er riss die Augen weit auf, starrte zur Decke und stammelte mit größtem Entsetzen in der Stimme: »Da – an der Decke – die ganzen Bilder! – Ich tanze mit meiner Frau. – Ich sitze auf der Schulbank. – Ich werde gerade getauft.«

Er beruhigte sich sehr schnell und sagte nach mehrmaligem, kräftigem Durchschnaufen: »Der Teufel schickt mir Zerrbilder!«

Da er schon nicht mehr so ganz im Hier und Jetzt war, machte es für Herrn Wildmoser, der sich bestens mit den spirituellen Aspekten des Sterbens und des Todes auskannte, keinen Sinn, ihm seine Erlebnisse zu kommentieren oder gar zu erklären. So versuchte er ihn nur zu beruhigen: »Sie müssen keine Angst haben, Herr Husarek! Das war nicht der Teufel!«

Kurze Zeit später schlief er fest ein.

Das Phänomen, das Herr Husarek erlebte, ist keineswegs ungewöhnlich. Man kennt das ja beispielsweise von Menschen, die Nahtod-Erfahrungen hatten. Auch sie, die ja schon mit einem Bein in der anderen Welt sind, sehen Tausende von Bildern aus ihrem Leben wie auf einer überdimensionalen Leinwand.

Herrn Wildmoser war also klar, dass es jetzt höchstens noch eine Frage von ein, zwei Tagen – vielleicht sogar nur von Stunden – sein dürfte, bis Herr Husarek durch die Pforte des Todes geleitet wird. Auch die Tatsache, dass er sich, bevor er die *vermeintlichen* Zerrbilder des Teufels sah, so ausführlich an Erlebnisse aus seinen ersten zwei, drei Lebensjahren erinnern konnte, war ein ziemlich sicheres Zeichen dafür, dass seine Seele schon damit begonnen hatte, sich vom Körper zu lösen und in die geistige Welt zu gehen.

Wenige Stunden nachdem sein Begleiter sich von ihm verabschiedet und versprochen hatte, am nächsten Tag wiederzukommen, ging Herr Husarek friedlich über die Schwelle des Todes.

An der Todespforte wurde er von seinem Engel und seiner Frau freudig empfangen.

Unmittelbar danach wurden – wie das bei allen Menschen, die soeben die Todespforte durchschritten haben, geschieht – sämtliche Erinnerungen an sein abgelegtes Erdenleben frei. Alle diese Erinnerungen tauchten nun mit einem Schlage vor dem Seelenauge des Verstorbenen als ein gewaltiges Panorama auf. Wie auf einer großen Leinwand sah er Bilder seines ganzen abgelegten Lebens vor sich. Alles, was er denkend oder vorstellend in seinem Leben erlebt hatte, tauchte in diesen Bildern auf. Die schier unendlich vielen Bilder dieses Panoramas umgaben ihn nun in einer *ähnlichen* Weise wie ihn im Erdenleben Berge, Wälder, Sonne, Mond und Sterne umgeben hatten. In mächtigen Bildern waren *gleichzeitig* sowohl solche Ereignisse da, die erst kurz vor seinem Tod, als auch diejenigen, die schon in seinen mittleren Lebensjahren oder in seiner Kindheit stattgefunden hatten. Herrn Husareks Seele sah in diesen Tagen von seinem individuellen Gesichtspunkte aus insbesondere alles dasjenige, woran er selbst beteiligt war, was für ihn eine Bedeutung hatte. Er sah die Beziehungen, die er im Leben zu anderen Menschen hatte in der Weise, dass ihm gewahr wurde, welche Früchte diese Beziehungen für ihn selbst getragen haben. Bei allem und überall sah er sich im Mittelpunkt. In dieses Tableau waren auch die Bilder solcher Erlebnisse einverwoben, die ihm zu Lebzeiten gar nicht bewusst geworden waren, die aber doch einen Eindruck in seiner Seele hinterlassen hatten. In dem Maße wie ihm das irdische Dasein entschwand, tauchte alles, was er von seiner Geburt an bis zu seinem Tod in der Welt erleben konnte, auf. Dieses ganze Leben hatte er nun als ein intensiv lebendiges, mit deutlichem Bewusstsein durchzogenes Bilderpanorama vor sich. Alles erschien ihm so hell und überdeutlich, als wären es gar keine Erinnerungen, sondern etwas, was er gerade frisch erlebt.

Er sah nicht nur diese Bilder, sondern es lebte auch alles wieder auf, was er in irgendeiner Weise jemals erlebt oder getan hatte. Jedes einzelne Gespräch, das er mit Menschen geführt hatte, ›hörte‹ er jetzt wieder, alles das, was er mit anderen Menschen zusammen erfahren, was er mit ihnen ausgetauscht hatte, erfuhr er nun wieder. Diese Rückschau war nicht von Gefühlen und Empfindungen durchzogen. Er gab sich ihr vielmehr ganz passiv hin. Er betrachtete das Lebenspanorama mit der nüchternen Distanz eines neutralen Beobachters.

Herr Husarek erkannte jetzt auch, dass das, was er kurz vor seinem Tod wahrnehmen konnte, nichts mit dem Teufel zu tun hatte. Vielmehr hatte da schon diese Lebensrückschau eingesetzt.

Als Herr Wildmoser sich am folgenden Tag auf den Weg zum Pflegeheim machte, war er sich nicht sicher, ob er Herrn Husarek noch einmal lebend antreffen würde. Noch bevor er das Heim betrat, fühlte er ganz deutlich, dass sein Patient nicht mehr in dieser Welt war.

Als er sein Zimmer betrat, fand er ein leeres Bett vor. Ein Pfleger, den er in den Tagen zuvor auch schon kennengelernt hatte, war gerade dabei, die Bettwäsche abzuziehen.

Er sagte ihm, dass Herr Husarek kurz nach Mitternacht friedlich entschlafen sei. In seiner Sterbeminute sei genau diejenige Pflegeschwester in seinem Zimmer gewesen, der er geweissagt hatte, dass sie in diesem Moment bei ihm sein würde.

Leider wurde Herrn Husareks Leichnam schon kurz vor Herrn Wildmosers Ankunft abgeholt, so dass er sich nicht mehr an seiner sterblichen Hülle von ihm verabschieden konnte.

Die vielen Erinnerungsbilder, die Herrn Husareks Seele wahrnehmen durfte, wurden nach zwei, drei Tagen immer schwächer, bis sie schließlich nach vier Tagen ganz verglommen.

Von nun an konnte sich seine Seele ganz den Wesen zuwenden, die in der Himmelswelt immer an seiner Seite blieben.

Wahre Ehen werden im Himmel geschlossen, aber auf Erden gelebt.

I m ausklingenden 17. Jahrhundert bewirtschaftete die Familie Dupont ein stattliches Bauerngut im Norden Frankreichs, ganz in der Nähe der Stadt Lille.
Der 17-jährige Francois war der älteste Sohn der Familie. Wie seine drei Geschwister musste er nach der Schule bei allen Arbeiten, die im Stall oder auf den Feldern anfielen, kräftig anpacken.

Francois hatte schon seit längerem ein Auge auf die ein Jahr jüngere Julienne geworfen. Sie war eine Tochter des Hufschmieds Bastian Garnier, dessen Werkstatt nur ein paar Kilometer von dem Hof der Duponts entfernt war.

Francois und Julienne sahen sich fast jeden Sonntag in der Kirche. Immer wieder war der Heranwachsende von der Schönheit und Anmut der jungen Dame fasziniert. Wie gern hätte er sie einmal angesprochen und sie zu einem Spaziergang eingeladen. Aber er war viel zu schüchtern. Manchmal war er ganz nahe dran, seinen Wunsch in die Tat umzusetzen. Doch dann dachte er wieder: »Das hübsche Mädchen will gewiss nichts von mir wissen. Die kann doch ganz andere als mich haben.«

Auch Julienne war von Francois fasziniert. Gerne hätte sie den ersten Schritt gemacht, aber das schickte sich für ein Mädchen nicht. Immer wieder wartete sie darauf, dass Francois sie ansprechen würde. Zu mehr als ein paar Grußworten kam es aber nie.

So ging das noch zwei Jahre lang. Beide waren in den anderen unsterblich verliebt, obwohl sie ihn gar nicht näher kannten. Francois konnte sich einfach nicht überwinden, Julienne seine Liebe zu gestehen und dass ein Mädchen den ersten Schritt machen würde, war in dieser Zeit geradezu undenkbar.

Eines Tages vermisste Francois seine Angebetete beim sonntäglichen Gottesdienst. Auch in den folgenden Wochen tauchte sie nicht auf. Sie schien wie vom Erdboden verschluckt zu sein. Dann erfuhr er vom Pfarrer, dass Julienne einen Kaufmann aus Lille geheiratet hatte und mit ihm weggezogen war.

Francois war unendlich traurig, da ihm jetzt klar war, dass seine Liebe zu Julienne keine Erfüllung finden könnte. Er machte sich heftige Vorwürfe, dass er zu feige war, ihr seine große Zuneigung zu gestehen.

Julienne war sehr enttäuscht, dass Francois ihr nie den Hof gemacht hatte. So nahm sie entgegen dem, was ihr Herz sagte, den Antrag des Kaufmanns an und ehelichte ihn. Glücklich wurde sie aber nicht. Immer wieder musste sie an Francois denken.

Auch Francois konnte seine Herzensdame nie vergessen. Für ihn kam nie eine andere Frau in Frage. So blieb er bis an sein Lebensende unverheiratet. Selbst im Alter musste er noch häufig an Julienne, die auch in seinen Träumen oftmals eine große Rolle spielte, denken.

Im Alter von 61 Jahren ging Francois durch die Pforte des Todes. Julienne war schon zwölf Jahre vorher gestorben.

Francois begriff sofort, dass er gestorben war und sich jetzt wohl im Himmel befinden müsste. Gleich erkannte er seinen Engel. Selbstverständlich wusste er, dass auch all die anderen Verstorbenen hier irgendwo sein müssten. Er fragte seinen Engel: »Wo sind denn die Seelen der Verstorbenen?«

Er hatte die Frage noch nicht ganz zu Ende gedacht, als er ein Gewoge von menschlichem Sehnen, Ringen, Leiden und Streben, eine wogende Fülle von menschlichen Gefühlen aller Art wahrnahm. Sie fluteten an ihn heran, verschwanden aber gleich wieder. Francois hatte Schwierigkeiten, alles einzuordnen und die wahrgenommenen Gefühle konkreten menschlichen Seelen zuzuordnen. Er ahnte, dass er nur dann Klarheit gewinnen konnte, wenn er seinen Engel fragt: »Wo ist meine Mutter?« Da war sie plötzlich da, wie wenn sie schon die ganze Zeit auf ihn gewartet hätte. Als Francois sich in ihr Wesen hineinversetzte und gewissermaßen in ihre Seele hineinhorchte, war ihm so, als würde sie sagen: »Ich war oft ganz in deiner Nähe. Meine Liebe hat dich stets wie eine wärmende Hülle umgeben. Ich hatte mir immer gewünscht, dass du es bemerkst. Auch wäre es sehr schön gewesen, wenn du öfter an mich gedacht und für mich mehr gebetet hättest.«

Dann fragte Francois seinen Engel: »Ist Julienne Garnier, die ich so sehr geliebt habe, auch schon hier oder weilt sie noch auf der Erde?«

Sofort konnte er sie in seiner unmittelbaren Nähe wahrnehmen und in ihr die Gedanken erkennen: »Ich bin schon etwas länger hier. Auch ich war immer bei dir. Ich konnte dir immer sehr nahe sein und an deinem Leben ganz innig teilhaben. Es war wunderschön, bei dir sein zu dürfen. Leider konntest du es nie bemerken.«

Es dauerte nicht mehr lange, bis Francois noch etliche weitere Seelen wahrzunehmen vermochte, die schon vor ihm durch die Pforte des Todes gegangen waren. Es waren ausschließlich solche, die er aus seinem letzten Erdenleben gut kannte, die also zu seinem engeren Schicksalskreis gehören. Er wusste sofort, in welcher Beziehung er im Erdensein zu ihnen stand. Alle freuten sich sehr, dass Francois' Seele jetzt auch in ihrer Welt angekommen war, dass sie wieder vereint waren. Wenn man es mit irdischen Worten ausdrücken möchte, könnte man sagen, dass sie jetzt ihr Wiedersehen feierten. Ja, es war eine große Feier, ein sakraler Akt.

Dass Francois und Julienne, die im Erdenleben nicht zueinander fanden, nun vereint waren, machte beide ganz selig. Sie pflegten jetzt ein sehr inniges Beieinandersein. In der Geisteswelt gibt es keine trennenden Schranken mehr. Die Gefühle und Gedanken der Seelen sind vor jeder anderen Seele offen ausgebreitet. Es bedarf keiner Sprache mehr, um miteinander kommunizieren zu können. Jede Seele kann sich gewissermaßen in die andere so hineinversetzen, dass sie deren Innerstes wahrnehmen kann.

Mit zunehmender Zeit, welche die beiden Seelen, die in ihrem letzten Leben als Francois Dupont und Julienne Garnier inkarniert waren, in der Geisteswelt verbrachten, kamen sie immer mehr mit ihren Engeln und auch solchen Engeln, die noch höheren Reichen angehören, zusammen. Diese erzählten ihnen jetzt sehr vieles von der Erdenwelt, das sie, als sie auf der Erde lebten, noch nicht verstehen konnten.

Die beiden Seelen hatten sich längst an die neuen Verhältnisse gewöhnt und genossen ihr Dasein in der Himmelswelt. Am liebsten wären sie für immer in dieser Welt geblieben.

Als nach irdischer Zeitrechnung schon weit über 200 Jahre verflossen waren, seitdem die beiden über die Schwelle des Todes gegangen waren, traten eines Tages ihre Engel an sie heran. Der eine sagte: »Es ist jetzt langsam an der Zeit, dass ihr euch auf euer nächstes Erdenleben vorbereitet.«

»Können wir nicht hier bleiben?«, fragte Julienne. »Nein, das ist nicht möglich! Eure weitere geistig-seelische Entwicklung könnt ihr nur in einem weiteren Erdenleben fortsetzen. Euch ist ja mittlerweile klar geworden, dass ihr in eurer letzten Inkarnation nicht alles richtig gemacht habt. So steht ihr noch manchen Seelen gegenüber in der Schuld. Nur auf der Erde könnt ihr wieder dasjenige gutmachen, was ihr im früheren Leben recht schlecht gemacht oder versäumt habt. Nur durch weitere Erdenleben könnt ihr in eurer geistig-seelischen Evolution vorwärtsschreiten. – Ihr habt jetzt die Möglichkeit, gemeinsam mit uns einen Plan für euer nächstes Leben zu entwerfen. Überlegt euch gut, was für euch wichtig ist«, gab einer der Engel zur Antwort.

»Wenn wir wieder auf die Erde müssen, so möchten wir auf jeden Fall zusammenkommen«, meinte Francois. Julienne stimmte zu.

»Das ist eine Selbstverständlichkeit, dass alle Menschen, die in einem Erdenleben miteinander eng verbunden waren, auch im folgenden wieder zusammenkommen werden. Auch wenn ihr euch damals nur selten wirklich getroffen habt, so verbinden euch doch ganz enge Bande. Bis zu einem gewissen Grad könnt ihr jetzt selbst entscheiden, in welchem Verhältnis ihr dann zueinander stehen wollt«, sprach einer der Engel.

Die beiden Seelen überlegten eine Weile. Dann platzte es aus der Seele, die im letzten Leben als Francois inkarniert war, heraus: »Ich wünsche, dass ich im nächsten Leben nicht wieder zu feige sein werde, Julienne meine Liebe zu gestehen. Am liebsten würde ich ihr Ehepartner werden! Wer von uns Mann und wer Frau wird, ist mir egal.« Die andere Seele, die im letzten Leben als Julienne auf der Erde wandelte, stimmte begeistert zu.

Beide Engel nickten und sagten: »Das ist eine gute Idee. Das lässt sich machen.« Die beiden Seelen, die sich vor rund 300 Jahren als Francois Dupont und Julienne Garnier inkarniert hatten, waren hocherfreut, dass sie die Chance bekamen, im nächsten Leben endlich richtig zusammenkommen zu können.

Eines Tages sprach einer der Engel: »Es ist jetzt bald so weit, dass ihr wieder auf die Erde gesandt werdet. Also, euer ernster Wunsch war es, dass ihr im nächsten Leben die Ehe miteinander schließen wollt. Das ist sehr gut so. Wir unterstützen euren Wunsch.«

Als Francois und Julienne freudig nickten, sagte der andere Engel ganz feierlich: »Hiermit geben wir euch unseren Segen für eure Ehe! – Wahre Ehen werden bekanntlich zwar auf Erden gelebt, aber geschlossen werden sie im Himmel!«

Die beiden Seelen strahlten vor lauter Glückseligkeit.

Doch dann mahnte Juliennes Engel noch: »Es wird allerdings nicht ganz so leicht sein, dass ihr euch auf der Erde finden werdet.« Als er merkte, dass die beiden ihn nicht verstanden, fuhr er fort: »Nun, sobald ihr wieder durch die Geburt ins irdische Dasein geschritten seid, werdet ihr alles vergessen haben, was ihr euch jetzt hier vorgenommen habt. Alles, was ihr in der Himmelswelt erlebt habt, und alles, was wir hier besprochen haben, werdet ihr wieder vergessen haben. Die Weisheit, die euch jetzt hier geschenkt wurde, werdet ihr auf der Erde nicht mehr haben. Auch die vielen anderen Seelen, denen ihr wieder begegnen müsst, werden sich an nichts mehr erinnern. Sie werden für euch und ihr für sie nicht so leicht aufzufinden sein.«

»Das ist ja fürchterlich! Wie kann das Ganze denn dann überhaupt gelingen?«

»Es gehört zu den Aufgaben der Engel, die Menschen, die ihnen anvertraut sind, zu leiten und zu führen. Wir werden alles daransetzen, dass ihr euch treffen werdet und dass ihr auch alle anderen Menschen finden werdet, mit denen euer Schicksal verwoben ist.«

»Wie können wir das bemerken?«

»Ihr müsst sorgfältig auf euer Innerstes lauschen und auf das hören, was ihr da empfindet. Das, was wir euch mitteilen, kann sich als eine innere Stimme, als ein Gedanke oder ein Impuls äußern. Auch in eure Träume werden wir hineinspielen. Wenn ihr da etwas vernehmen könnt, solltet ihr es befolgen, auch wenn es euch manchmal merkwürdig oder sogar unsinnig erscheinen mag«, sagte der eine Engel.

Der andere ergänzte: »Ihr werdet vermutlich so manche Eingebung nicht richtig wahrnehmen können oder ihr nicht folgen. Aber wir werden es immer wieder versuchen. Und wenn ihr euch dann gefunden haben werdet, so werdet ihr sagen, es sei ein Zufall gewesen, dass ihr euch getroffen habt. Die Menschen sind immer schnell bei der Hand, von einem Zufall zu sprechen, wenn etwas geschieht, das sie sich nicht erklären können, für das es keine Ursache zu geben *scheint*. Aber einen Zufall gibt es nicht! Es gibt für alles eine Ursache. Nur liegt diese meistens im Wirken geistiger Wesen, so dass sie den Erdenmenschen nicht offenbar wird. Wenn ihr euch finden werdet, so ist es kein Zufall, sondern unserem Wirken, das wir euch ja kurz erläutert haben, zu danken.«

»Könnt ihr uns denn, wenn wir wieder auf der Erde sind, nicht ganz unmissverständlich mitteilen, was wir tun sollen?«

»Nein, das dürfen wir nicht! Es ist uns nicht erlaubt, in euren heiligen freien Willen einzugreifen. Ihr könnt euch aber sicher sein, dass wir euch früher oder später zusammenführen werden. Das wird auf eine ganz subtile Art geschehen, so dass ihr euch jederzeit gegen unsere Eingebungen entscheiden könnt.«

Von da an nahm das Interesse der beiden Seelen an dem Leben in der Himmelswelt, das sie lange Zeit so sehr genossen hatten, immer mehr ab. In gleichem Maße stieg ihr Interesse für alles, was gerade auf der Erde geschah. Es war ihnen durchaus möglich, dasjenige wahrzunehmen, was auf der Erde getrieben wurde. Allerdings konnten sie vieles nicht verstehen, da ja längst das technologische Zeitalter begonnen hatte, was ihnen natürlich völlig fremd war, da die Technik in ihrem letztem Leben noch nicht sehr weit fortgeschritten war.

Sie fieberten ihrem nächsten Erdenleben mehr und mehr entgegen. Jetzt konnte es ihnen nicht schnell genug gehen, wieder ins irdische Dasein zu schreiten.

Es dauerte nicht mehr lange, bis bei beiden das Bewusstsein immer schwächer wurde. Die Weitsicht und Weisheit, die sie in der geistigen Welt erworben hatten, schwand zusehends. Schließlich fielen sie in eine Art Dämmerungsschlaf.

Julienne wurde als erster von ihrem Engel entlassen. Ihr Bewusstsein schwand jetzt vollständig und ihre ewige Individualität verband sich mit dem Keim im Leibe ihrer späteren Mutter.

Kurze Zeit danach wurde auch Francois von seinem Engel entlassen...

Im Jahre 1969 wurde die Seele, die im letzten Leben als Julienne Garnier auf der Erde wandelte, als Thomas Hausmann in München geboren.

Da Frau Hausmann bereits über vierzig Jahre alt war, hatte das Ehepaar Hausmann seinen Wunsch, ein Kind zu bekommen, eigentlich schon aufgegeben. Umso größer war die Freude, als die beiden nun doch noch Eltern wurden.

Herr Hausmann war ein wohlhabender Fabrikbesitzer. Er und seine Frau taten alles für ihren geliebten Sohn.
Nachdem Thomas seine Schulzeit beendet hatte, machte er eine kaufmännische Ausbildung in der Fabrik seines Vaters. Es galt als ausgemacht, dass er die Fabrik in ein paar Jahren leiten sollte.

Im Jahre 1970 inkarnierte sich die Seele, die vor rund 300 Jahren als Francois Dupont in Frankreich lebte, als Peggy Sinclair in Sydney. Sie war das zweitälteste von fünf Kindern ihrer Eltern. Da ihre Mutter in Deutschland aufgewachsen war, bevor sie später nach Australien auswanderte, wurde Peggy zweisprachig erzogen. Häufig erzählte Peggys Mutter ihren Kindern von ihrer deutschen Heimat, so dass Peggy schon bald eine gewisse Affinität zu dem fernen Land verspürte.

Als Peggy 19 Jahre alt war, erfüllte sie sich einen lang gehegten Wunsch. Sie flog nach Deutschland, um das Heimatland ihrer Mutter etwas näher kennenzulernen.

Die erste Woche verbrachte sie in Berlin, dem Geburtsort ihrer Mutter. Nachdem sie anschließend noch ein paar weitere Städte besucht hatte, wollte sie die beiden letzten Tage vor ihrem Rückflug in der bayerischen Landeshauptstadt München verbringen.

Einen Tag, bevor Peggy mit dem Zug nach München reiste, hatte Thomas so ein ganz merkwürdiges Gefühl. Irgendetwas in ihm schien ihm den Rat zu geben, am nächsten Tag das Deutsche Museum zu besichtigen. »Was soll ich denn da?«, dachte er. »Ich war schon so oft in diesem Museum.«

Es war natürlich kein anderer als sein Engel, der ihm den Impuls, das Deutsche Museum zu besuchen, einpflanzte. Thomas griff ihn aber nicht auf. Er hatte natürlich längst vergessen, was er vor seiner Geburt alles in der Geisteswelt erlebt hatte. So konnte er sich auch nicht mehr daran erinnern, dass sein Engel ihm erklärte, wie er im Erdenleben sein Eingreifen bemerken könnte.

Am folgenden Tag machte sich Peggy auf den Weg in das besagte Museum. Sie war von dem, was es da zu sehen und zu bestaunen gab, ganz begeistert, so dass sie viele Stunden in dem weltweit größten Technikmuseum verbrachte. Da an diesem Tag herrliches Sommerwetter herrschte, zogen es die meisten Touristen vor, das Wetter im Freien zu genießen. Daher war im Museum kaum Betrieb. Hätte Thomas den Rat seines Engels als solchen erkannt und befolgt, wären sich die beiden gewiss schon dort begegnet.

Der erste Versuch seines Engels, ihn mit Peggy zusammenzuführen, scheiterte also.

In der folgenden Nacht hatte Thomas einen sehr bewegenden Traum. Er träumte, dass er eine wichtige Verabredung versäumt hätte und dass es jetzt schwieriger werden würde, diese später nachzuholen. Natürlich konnte er sich keinen Reim auf diese Botschaft machen.

In der Fabrik der Familie Hausmann arbeitete eine junge und sehr aparte Dame namens Ulrike Freiberg als Chefsekretärin.

Thomas und Ulrike beäugten sich anfangs etwas argwöhnisch. Doch im Laufe der Zeit empfanden sie eine gegenseitige Sympathie, so dass sie hin und wieder gemeinsam etwas unternahmen. Seine Eltern konnten sich Ulrike gut als Schwiegertochter vorstellen und rieten ihrem Sohn, sie zur Frau zu nehmen. Auch Thomas konnte sich mit diesem Gedanken durchaus anfreunden.

So machte er Ulrike eines Tages einen Antrag. Dann ging alles ganz schnell. Das Aufgebot wurde bestellt und die Hochzeitsfeier geplant.

Als der Tag der avisierten Eheschließung nahte, meldete sich bei Thomas so etwas wie eine innere Stimme: »Ulrike ist nicht die Frau, auf die du gewartet hast!« Seine vorgeburtliche Verabredung mit Francois schien für ganz kurze Zeit seine Bewusstseinsschwelle zu überschreiten. Thomas nahm die Stimme dieses Mal sehr ernst. Schweren Herzens sagte er zu Ulrike: »Liebe Ulrike, es tut mir unsagbar leid, aber ich kann dich nicht heiraten. Wir gehören nicht zusammen. Sei mir bitte nicht böse.«

Ulrike konnte seine unerwartete Entscheidung nicht nachvollziehen und weinte bitterlich. Auch Thomas' Eltern konnten sie nicht verstehen.

Als Thomas 23 Jahre alt war, nahm er sich vor, seinen Sommerurlaub in New York zu verbringen. Diese Metropole wollte er schon immer einmal kennenlernen.

Drei Wochen vor der geplanten Reise hatte er beruflich in Ingolstadt zu tun. Nach der Rückkehr wollte er in einem Münchener Reisebüro den Flug buchen.

Als er am frühen Nachmittag in Ingolstadt losfuhr, um sich auf den Heimweg zu machen, musste er noch an einer Tankstelle anhalten, da er nicht mehr genug Benzin im Tank hatte. An der Ausfahrt stand ein junger Mann und zeigte mit dem Daumen an, dass er von ihm mitgenommen werden wollte. Thomas hatte schon zwei Mal schlechte Erfahrungen mit Anhaltern gemacht, so dass er sich geschworen hatte, nie mehr einen mitzunehmen.

Doch irgendetwas in ihm schien ihn geradezu aufzufordern, sich bei dem Mann zumindest einmal zu erkundigen, wohin er wolle. Als dieser Thomas fragte, ob er ihn nicht vielleicht mit nach München nehmen könne, sprang Thomas über seinen Schatten und bat ihn mit einem etwas mulmigen Gefühl einzusteigen.

Die beiden kamen sofort ins Gespräch. »Kommen Sie gerade aus dem Urlaub zurück?«, wollte der Mann wissen. »Nein, ich hatte hier geschäftlich zu tun. Aber Urlaub ist ein gutes Stichwort. Ich habe vor, noch heute eine Urlaubsreise zu buchen.«

»Wo soll es denn hingehen?«

»Nach New York.«

»Ja, da war ich auch schon einmal. Aber ich war alles in allem von der Stadt enttäuscht. Da werde ich nicht noch einmal hinfliegen.«

»Welche Urlaubsziele bevorzugen Sie?«

»Also, Südafrika hat mir gut gefallen. Aber am schönsten war es in Australien, besonders in Sydney. Da möchte ich unbedingt noch einmal hin. Die Stadt kann ich jedem nur empfehlen.«

Thomas wunderte sich ein wenig, dass sein Fahrgast, der nicht gerade den Eindruck machte, ein wohlhabender Mann zu sein, schon so viel von der Welt gesehen hatte. Dann ließ er sich auf der etwa einstündigen Autofahrt noch einiges über Sydney erzählen. Dabei kam der junge Mann aus dem Schwärmen nicht mehr heraus.

In einem Vorort von München ließ sich der Anhalter absetzen, bedankte und verabschiedete sich.

In Thomas arbeitete es. Dem Mann war es gelungen, ihn für Sydney so zu begeistern, dass er dann tatsächlich einen Flug in die australische Metropole buchte. Er konnte es sich selbst nicht so recht erklären, warum er sich umentschieden hatte. Aber er hatte das Gefühl, die richtige Entscheidung getroffen zu haben.

Als Thomas dann drei Wochen später in Sydney ankam, war er schon bald ganz fasziniert von dieser Stadt und sehr froh, hierher gereist zu sein.

Am nächsten Tage suchte Thomas in der Innenstadt nach einem Restaurant, um dort zu Mittag zu essen. Da es etliche Lokale gab, fiel ihm die Wahl nicht ganz leicht. Schließlich ging er mehr intuitiv in eines, das nicht einmal einen besonders einladenden Eindruck auf ihn machte.

Peggy Sinclair hatte gerade Mittagspause. Wie an jedem Arbeitstag wollte sie in ihr Stammlokal gehen, um einen kleinen Imbiss einzunehmen. Zu ihrer Enttäuschung war das Lokal an diesem Tage aber wegen Krankheit des Besitzers geschlossen. So blieb ihr nichts anderes übrig, als ein anderes Restaurant aufzusuchen. So kam sie schließlich in genau die Gaststätte, in der Thomas weilte.

Als sie das Lokal betrat, fiel sein Blick gleich auf diese hübsche, blondgelockte junge Dame und konnte sich für eine ganze Weile nicht von ihr lösen. Es muss wohl nicht erwähnt werden, dass ihm nicht einmal im Entferntesten bewusst war, dass es sich bei ihr um die Individualität handelte, die vor rund 300 Jahren als seine unerfüllte Liebe Francois verkörpert war.

Nachdem Peggy sich an einen freien Tisch gesetzt hatte, nahm Thomas seinen ganzen Mut zusammen, ging auf Peggy zu und fragte sie in etwas holprigem Englisch, ob er an ihrem Tisch Platz nehmen dürfe. Zu seiner großen Freude bat sie ihm den Stuhl neben sich an. Thomas war ganz erleichtert, dass die junge Dame viel besser Deutsch als er Englisch sprach, so dass sie sich in seiner Muttersprache, die ja auch Peggys Muttersprache war, unterhalten konnten. Peggy war ganz begeistert, dass ihr Gesprächspartner aus Deutschland stammt und erzählte ihm, dass ihre Mutter auch in seinem Heimatland geboren und aufgewachsen sei.

»Warst du schon einmal in Deutschland?«, wollte Thomas wissen. »Ja, vor zwei Jahren. Es ist ein wunderschönes Land.«

»Wo warst du denn überall?« Als Thomas dann erfuhr, dass Peggy auch in München war und dort das Deutsche Museum besuchte, kam ihm gleich wieder in den Sinn, dass er damals so ein merkwürdiges Gefühl hatte, das ihm zu raten schien, das Museum zu besuchen. Auch an den anschließenden Traum, dass er eine wichtige Verabredung versäumt habe, konnte er sich noch gut erinnern.

Da Peggy schon bald wieder zur Arbeit musste, hatten die beiden leider nur ein knappes Stündchen Zeit, um sich ein wenig kennenzulernen. Beim Verabschieden verabredeten sie sich für den Abend im selben Restaurant.

Ja, so waltet das Schicksal! So wirken die Engel! Die Engel wussten natürlich, dass es der vorgeburtliche Entschluss der beiden Seelen war, in diesem Leben die Ehe miteinander zu schließen. Auch wenn das ihr eigener Entschluss war, so konnten sie sich, nachdem sie wieder ins irdische Dasein eingetaucht waren, nicht mehr daran erinnern. Allenfalls blitzte in ihren Seelentiefen hin und wieder so etwas wie eine zarte Ahnung auf, dass irgendwo ein Mensch lebt, mit dem sie eine Verabredung getroffen hatten, dem sie begegnen müssen. Es ist die Aufgabe der Engel, die alle Inkarnationen ihrer Schützlinge und alles, was diese sich in der geistigen Welt vorgenommen haben, überblicken können, dafür zu sorgen oder zumindest dabei mitzuhelfen, dass das geplante Schicksal gelebt werden kann.

Der erste Versuch, den Thomas' Engel unternommen hatte, um die beiden im Deutschen Museum in München zusammenzuführen, war gescheitert, da Thomas nicht auf seine innere Stimme gehört hatte.

Daher musste sein Engel sich etwas anderes einfallen lassen. Er schickte dem jungen Anhalter den Impuls, zum richtigen Zeitpunkt und am richtigen Ort um eine Mitfahrgelegenheit zu bitten und dann Thomas die Empfehlung zu geben, nach Sydney statt nach New York zu fliegen. Dem Mann war gewiss gar nicht klar, warum er das tat. Glücklicherweise hatte Thomas diesen Vorschlag befolgt, obwohl er sich auch nicht so recht erklären konnte, warum er ihn annahm.

Auch mussten die Engel dafür sorgen, dass an dem besagten Tag Peggys Stammlokal geschlossen hatte, so dass sie in das Restaurant ging, in dem Thomas zu Mittag aß.

Am besagten Abend trafen sich die beiden wie ausgemacht in dem Restaurant, in dem sie sich in der Mittagszeit erstmals begegnet sind.

Nachdem jeder einiges aus seinem Leben erzählt hatte, meinte Peggy in bestem Deutsch: »Auf die Gefahr hin, dass du mich für verrückt erklärst, muss ich dir etwas sagen: Also, gleich, als ich dich heute Mittag sah und ein paar Worte mit dir gewechselt hatte, war mir plötzlich so, als säße mir da jemand gegenüber, den ich schon lange kenne.«

»Irgendwie erging mir das sehr ähnlich«, sagte Thomas, »du kamst mir gleich sehr vertraut vor. Ich kann mir dieses Gefühl nicht erklären. Es ist ja völlig unmöglich, dass wir uns schon einmal irgendwo über den Weg gelaufen sind. Auch halte ich es für nahezu ausgeschlossen, dass wir uns damals in München kurz gesehen haben könnten.«

»Wer weiß, vielleicht kennen wir uns aus einem früheren Leben!«, sagte Peggy lächelnd.

»Glaubst du etwa an die Reinkarnation?«

»Ich bin mir nicht sicher. Aber ich möchte nicht ausschließen, dass jeder Mensch mehrmals auf die Erde kommt.«

»Vielleicht warst du im letzten Leben ja mein Mann und ich deine Frau«, meinte Thomas im Spaß.

»Ja, wer weiß!«

Dann wandten sich die beiden wieder weltlichen Themen zu. Der Abend verging wie im Flug. Auch an den folgenden Abenden trafen sich die beiden wieder. Am Wochenende zeigte Peggy Thomas die Sehenswürdigkeiten Sydneys.

Wenngleich sie es sich noch nicht so richtig eingestehen und insbesondere dem anderen noch nicht offenbaren wollten, war beiden klar, dass es Liebe auf den ersten Blick war und dass jedem bewusst war, den Partner fürs Leben gefunden zu haben.

Schon in der zweiten Woche lud Peggy Thomas zu sich nach Hause ein, um ihn mit ihren Eltern bekannt zu machen. Peggy stellte Thomas ihren Eltern mit den Worten »Das ist er! Ja, er ist es!« vor. Während Mr. Sinclair etwas fragend schaute, lächelte Peggys Mutter. Sie verstand sofort, was ihre Tochter damit sagen wollte.

Die vier gemeinsamen Wochen vergingen beiden viel zu schnell. Je näher der Tag der Heimreise kam, desto schwermütiger wurden sie.

Am Tag vor dem Rückflug meinte Peggy traurig: »Wie soll es jetzt mit uns weitergehen? Eine größere räumliche Entfernung als die zwischen unseren Ländern gibt es ja gar nicht.«

Thomas musste nicht lange überlegen: »Liebste Peggy, ich möchte, dass du meine Frau wirst!«

»Ja, das ist auch mein Herzenswunsch. Aber wie soll das gehen? Wo sollen wir leben?«

»Du hast doch gesagt, dass dir Deutschland gut gefällt. Könntest du dir vorstellen, dort mit mir zu leben?«

Peggy konnte es sich in der Tat ganz gut vorstellen. Allerdings fürchtete sie, dass ihre Eltern traurig wären, wenn diese sie nur noch höchst selten zu sehen bekämen. Noch am gleichen Abend teilte sie ihren Eltern dieses Vorhaben mit. Zu ihrer großen Erleichterung sagte ihre Mutter: »Du musst tun, was dein Herz dir rät! Mache dir um uns keine Sorgen. Wir haben ja noch deine Geschwister. Außerdem können wir euch jedes Jahr besuchen. Ich würde gern mal wieder in mein Heimatland reisen. Auch ihr könnt ja hin und wieder mal nach Sydney kommen.«

Somit stand der Plan fest. Thomas und Peggy kamen überein, den Bund fürs Leben zu schließen und dann gemeinsam in München zu leben.

Zwei Monate später war es dann so weit. Peggy gab ihre Stellung auf und siedelte nach München um. Der Abschied von ihren Eltern und Geschwistern fiel ihr nicht ganz leicht.

Thomas und Peggy bezogen ein Haus mit Garten, das den Hausmanns gehörte und ganz in der Nähe des Fabrikgeländes stand.

Wenige Monate später wurden die beiden getraut. Zu den Hochzeitsfeierlichkeiten waren auch Peggys Eltern und ihre Geschwister eingeladen.

Die eigentliche Ehe haben die beiden schon im Himmel geschlossen. Nun musste sie auf Erden gelebt werden...

Wie ein verstorbener Sohn seinem Vater zu neuem Lebensmut verhalf

Dieter Schober befand sich schon seit ein paar Jahren in der Himmelswelt. In seinem Erdenleben waren ihm nur zwölf Jährchen vergönnt gewesen. Wie den meisten Menschen, die in sehr jungen Jahren sterben, fiel es ihm sehr leicht, sich in den höheren Welten einzuleben.

Wenn ein Kind stirbt, so steht ihm das Himmelstor, durch das es ja erst vor kurzer Zeit ins Erdendasein geschritten ist, noch offen. Von Anfang an fühlte er sich von seinem Engel begleitet. Auch mit seiner Mutter, die kurz vor ihm durch die Todespforte schritt, war er jetzt häufig beieinander.

Dieters Seele hatte noch ein großes Interesse an dem Leben der Menschen aus seinem Lebensumfeld, die noch auf der Erde weilten. Bei manchen gelang es ihm ganz leicht, bei manchen nicht so leicht, bei manchen gar nicht, sich auf sie einzustimmen und an ihrem Leben teilzuhaben. Insbesondere seinen Vater, den er sehr lieb hatte, verlor er nie aus dem Blickfeld.

Eines Tages musste er etwas wahrnehmen, was ihn sehr bedrückte. Sein Vater saß auf einer Bank im Stadtpark und war tieftraurig. Dieter gewann den Eindruck, dass sein Vater den Lebensmut verloren hatte. Er schien sogar zu planen, Selbstmord zu begehen.

In der Tat war Herr Schober so verzweifelt, dass er mit dem Gedanken spielte, sich demnächst das Leben zu nehmen. Vor drei Jahren waren zunächst seine Frau und dann auch noch sein Sohn Dieter gestorben. Da er keine weiteren Kinder hatte, war er jetzt ganz allein. Dadurch fiel er in eine tiefe Depression. Wegen dieser Krankheit war er phasenweise nicht in der Lage, seine Tätigkeit als Lehrer auszuüben. So ließ er sich oftmals krankschreiben. Mittlerweile ging es ihm viel besser. Das änderte sich, als er vor wenigen Tagen aus dem Schuldienst vorzeitig in Rente geschickt wurde, obwohl er erst Mitte fünfzig war. Der Rektor der Schule sagte:

»Sie haben viel Schlimmes ertragen müssen. Es ist doch gewiss besser für Sie, wenn Sie jetzt keine beruflichen Verpflichtungen mehr haben. Und, um ganz ehrlich zu sein, war es für mich stets recht schwierig, Ihre vielen Fehlzeiten zu kompensieren. Da ist es besser, einen neuen Kollegen einzustellen, der nicht so oft krank ist.«

Herr Schober konnte die Argumentation nicht nachvollziehen, zumal er sich jetzt wieder voll belastbar fühlte. Das machte ihm gewaltig zu schaffen. Der ehemalige Lehrer fiel erneut in eine sehr schwere Depression. Er konnte seinem Leben keinen Sinn mehr abgewinnen. Immer wieder dachte er: »Ich will nicht mehr leben. Mein ganzes Leben war ohnehin nichts wert. Heute habe ich nicht einmal mehr eine Arbeit. Ich bin zu nichts nütze. Also, wozu sollte ich noch leben?«

Die Seele, die sich in ihrem Erdenleben als Dieter Schober inkarniert hatte, setzte alles daran, ihrem Vater zu helfen. Aber alles, was Dieter ihm an Worten sowie stärkenden und aufmunternden Gefühlen hinunterschickte, kam bei seinem Vater nicht an.

So wandte er sich in seiner Not an seinen Engel und berichtete ihm von der Situation. »Könntest du meinem Vater nicht helfen, damit er wieder neuen Lebensmut fasst und von seiner schrecklichen Tat Abstand nimmt?«, fragte er.

Sein Schutzengel erwiderte: »Nun ja, ich könnte mit dem Schutzengel deines Vaters sprechen. Er könnte ihm sicher helfen. – Aber das kannst du auch!«

Dieter war völlig überrascht und fragte: »Was ich? Aber wie kann ich das machen? Wie kann ich ihm helfen? Er hört meine Stimme ja nicht!«

»Nun«, fuhr Dieters Engel fort, »du musst selbst einen Weg finden, deinem Vater zu helfen und den Suizid zu vereiteln. Wie du es machst, ist deine Sache. Aber einen Tipp möchte ich dir noch geben: Lese zunächst ausführlich in der großen Himmels-Chronik, um dich über alles zu informieren, was das Leben deines Vaters betrifft. Auf diese Weise wirst du gewiss vieles finden, was du aus deinem gemeinsamen Erdenleben mit ihm nicht wissen konntest. Das kann dir gewiss eine Anregung für deine Hilfe geben.«

Mit großem Eifer las Dieter in der Himmels-Chronik, in der alles verzeichnet ist, was ein Mensch jemals gemacht, gedacht und gefühlt hat. Er schaute auf alles, was das bisherige Leben seines Vaters anbelangte. Dessen gesamtes Leben lief wie ein Film im Zeitraffer vor Dieters Seelenauge ab. Dadurch erfuhr er unfassbar viele Details aus dem Leben seines Vaters. Die meisten waren ihm nicht bekannt.

Da kam ihm auch schon bald eine Idee, wo und wie er ansetzen könnte.

Herr Schober, also sein Vater, hatte vor vielen Jahren einen Schüler auf dem Gymnasium, einen gewissen Ekkehard Jacobi. Dieser war ein sehr schlechter Schüler, und die meisten Lehrer waren der Meinung, dass es keinen Sinn machen würde, ihn zum Abitur zu führen. Nur Herr Schober glaubte immer an ihn. Er hatte ihn stets gegen den Widerstand seiner Kollegen auf vielen Ebenen gefördert, so dass er tatsächlich später das Abitur schaffte. Anschließend studierte er Psychologie. Seit Jahren leitete er mittlerweile mit großem Engagement und viel Herzblut ein Waisenhaus, ganz in der Nähe von Herrn Schobers Wohnort. Der Lehrer und sein Schüler hatten keinen Kontakt mehr, seit Ekkehard die Schule abgeschlossen hatte.

Dieter wurde sofort klar, dass dieser Ekkehard Jacobi seinem Vater helfen könnte, nur wusste er noch nicht so recht, wie er das anstellen sollte.

Nach kurzer Überlegung reifte in ihm ein Plan. Er bat seinen Engel, ihm zu erklären, wie man es machen müsste, um einem Menschen im Traum zu erscheinen. Der Engel gab ihm einige wertvolle Hinweise.

In der folgenden Nacht sah Ekkehard Jacobi dann im Traum eine Lichtgestalt, die in liebevollen, aber bestimmten Worten sprach:

»Ekkehard, du wirst gebraucht! Deinem früheren Lehrer, Herrn Schober, der damals so viel für dich getan hat, geht es sehr, sehr schlecht. Er hat keinen Lebensmut mehr. Du musst ihm unbedingt helfen!«

Als Herr Jacobi kurz darauf erwachte, erinnerte er sich an jedes einzelne Wort, das er im Traum vernommen hatte. Er hatte den Eindruck, gar nicht geträumt zu haben, sondern von einem sonderbaren Wesen aufgesucht worden zu sein.

Sogleich fiel ihm wieder sein ehemaliger Lehrer ein und er dachte: »Der gute Herr Schober! Das war ein ganz, ganz feiner Mann. Ja, wenn es ihm schlecht geht, muss ich etwas unternehmen.«

Dann suchte Ekkehard Jacobi im Internet nach Herrn Schobers Adresse und ging noch am gleichen Nachmittag zu ihm.

Herr Schober war ganz erstaunt, Ekkehard, den er sofort wiedererkannte, vor sich zu sehen. Seit langer Zeit sah man wieder ein leichtes Lächeln über Herrn Schobers Gesicht huschen. Die beiden unterhielten sich einige Stunden sehr angeregt. Natürlich sagte Herr Schober nicht, dass er vorhatte, seinem Leben ein Ende zu setzen. Aber er schilderte schon, dass er sein Leben als ziemlich sinnlos erachtete, da er jetzt nicht einmal mehr eine Arbeit hätte.

Darauf sagte Herr Jacobi: »Aber lieber Herr Schober, mich muss wohl ein Engel zu ihnen geschickt haben! Seit Monaten suche ich vergeblich nach einer Lehrkraft für mein Waisenhaus, die sich um die Betreuung und Erziehung der Kinder kümmert. Einen besseren und gütigeren Pädagogen als Sie könnte ich mir gar nicht wünschen!«

Schon am folgenden Montag übernahm Herr Schober freudig und elanvoll seine neue Aufgabe.

Dieter strahlte vor Glück! »Das hat ja ganz gut geklappt!«, dachte er. Zusammen mit seinem Engel, dem seines Vaters und der Seele seiner Mutter feierte er freudig den Erfolg.

Das selbst gewählte Schicksal

Die 16-jährige Magdalena war ein höchst aufgewecktes und kluges Mädchen, das auf dem Gymnasium gut vorankam und von allen wegen ihrer Freundlichkeit und Liebenswürdigkeit sehr geschätzt wurde.

Sie wurde von ihren Lehrern und Mitschülern ein wenig bewundert, weil sie ihre schlimme Krankheit mit so großer Geduld und Ergebenheit zu ertragen verstand.

In der Tat hatte Magdalena ein schweres Schicksal zu tragen. Schon in ihrer frühen Kindheit wurde bei ihr eine chronische Muskelschwäche diagnostiziert. Die damit verbundenen Beschwerden und Einschränkungen nahmen stetig zu. Seit ihrem sechsten Lebensjahr konnte sie kaum noch selbständig laufen. Mittlerweile ist sie ganz auf einen Rollstuhl angewiesen. Zudem kann sie ihren linken Arm nicht mehr gut bewegen.

So marode ihr Leib auch war, so klar war ihr Geist. Sie war eine vorzügliche Schülerin, die an allem Interesse zeigte, was das Leben zu bieten hat. Magdalena beschäftigte sich in ihren jungen Jahren auch recht intensiv mit spirituellen Themen. Für sie gab es nicht den geringsten Zweifel daran, dass jeder Mensch aus einer geistigen Welt ins Erdenleben hinabsteigt, in die er nach dem Tod wieder aufgenommen wird. Für sie war es eine Selbstverständlichkeit, dass das vorgeburtliche, das irdische und das nachtodliche Leben *einen gemeinsamen* Lebensstrom bilden. Gerne hätte sie sich mit anderen Menschen über diese Themen ausgetauscht. Aber weder ihre Eltern noch ihre Schulfreundinnen konnten damit etwas anfangen. Für ihren Vater waren Magdalenas Gedanken jugendliche Spinnereien. Besonders enttäuschte es sie, dass sie auch mit dem Pfarrer ihrer Kirchengemeinde nicht über ihre Anschauungen reden konnte. Als sie ihm einmal ihre Sichtweise schilderte, sagte dieser: »Wo hast du denn dieses Märchen aufgeschnappt, dass eine Menschenseele vor der Geburt bereits in einer geistigen Welt gelebt hat?! Davon steht nichts in der Bibel, und die kenne ich weiß

Gott sehr gut. Also, bei der Zeugung wird die Seele von Gott erst neu erschaffen!«

Magdalena verlor daraufhin ein wenig die Fassung und entgegnete in einem für sie ungewöhnlich scharfen Ton: »Halten Sie mich für ein Kleinkind, das solche Dinge noch nicht verstehen kann, oder glauben Sie wirklich an den Unsinn, den Sie mir soeben gesagt haben?!«

Der Pfarrer bekam einen hochroten Kopf und beendete die Unterredung mit der Bemerkung: »Sei mir nicht böse, liebe Magdalena, aber du bist wohl wirklich noch zu jung, um so schwierige Dinge begreifen zu können.«

Viele Jahre trug Magdalena ihre körperliche Behinderung und alle damit verbundenen Beeinträchtigungen in ganz bewundernswerter Weise. Niemals hat sie sich beschwert; niemals hörte man sie klagen.

Doch das sollte sich in zunehmendem Maß ändern, als sie jetzt ins Jugendalter kam.

Es war die Zeit, in der ihre Schulkameradinnen am Wochenende zum Tanzen oder auf eine Party gingen. An den Werktagen suchten sie bei schönem Wetter oftmals ein Freibad auf. Alle diese Aktivitäten, die jedem Jugendlichen großen Spaß machen und viel bedeuten, waren ihr verwehrt. Mit einer gewissen Wehmut hörte sie dann am nächsten Schultag, wie ihre Mitschülerinnen begeistert von ihren Unternehmungen erzählten und in Erinnerungen schwelgten.

Eines Abends machte sie sich noch einmal so ganz bewusst, dass sie alle diese Freuden, die ihre Freundinnen regelmäßig genossen, niemals erleben könnte.

Sie war so traurig, enttäuscht und geradezu wütend, dass sie sich an Gott wandte: »Oh mein Gott! Wie gerne würde ich auch alles machen können, was meine Freundinnen machen! Aber, wie du weißt, geht es nicht wegen meiner blöden Krankheit. Warum hast du mir ein so hartes Schicksal bereitet? Was ist der Sinn? Habe ich dieses Los etwa verdient? Willst du mich damit bestrafen? Ich kann mich nicht erinnern, dass ich als Kind etwas Böses getan hätte, was eine solche Strafe rechtfertigen könnte. Wenn ich Fehler gemacht habe, dann zumindest nicht in *diesem* Leben. Hat mein Schicksal etwa mit einer Schuld aus meinem letzten Leben zu tun? Ich würde so gern verstehen, warum ich dieses Schicksal zu tragen habe. Bitte lieber Gott, lasse es mich verstehen! Ich flehe dich an, lasse es mich begreifen, damit ich es besser akzeptieren kann!«

Dann geschah das Unverhoffte und ganz Unfassbare: Magdalena hatte plötzlich den Eindruck, als wenn sie träumte. Aber es war kein Traum.

Ihr wurde die höchst ungewöhnliche Gnade zuteil, einen Blick in die Zeit zu werfen, in der sie noch in der geistigen Welt war und ihre gegenwärtige Inkarnation vorbereitete.

Sie sah ihre ewige Seele in einer ganz außergewöhnlich lichten Sphäre, umgeben von einigen anderen Menschenseelen, die zu ihrem Schicksalskreis gehören und von denen sie sofort wusste, um wen es sich handelte. Auch ihr Schutzengel und weitere Engelwesen, die höheren Reichen angehören, waren bei ihr.

Dann hörte sie, wie ihr Engel sprach: »Es ist bald an der Zeit, dass du wieder als Menschenkind auf die Erde kommen wirst. Wir müssen jetzt alle zusammen einen Plan für dein nächstes Leben entwerfen.«

Magdalena fühlte, dass ihre Seele ihrem Erdenleben entgegenfieberte und sie gar nicht abwarten konnte, wieder auf der Erde zu wandeln.

Ihr Engel sprach: »Du hast in deinen vielen bisherigen Leben schon eine gewisse geistig-seelische Reife erworben. Auch in deinem folgenden Leben musst du wieder einen weiteren Schritt auf dem langen Wege deiner Vervollkommnung machen.« Dann schien er sich mit den Engeln der höheren Reiche zu beraten.

Schließlich fuhr er fort: »In deinen bisherigen Inkarnationen warst du meistens ein Mensch, der sein Leben im Griff hatte, der alles unter Kontrolle hatte. Es könnte dich weiterbringen, wenn du im folgenden Leben einmal die andere Seite der Medaille kennenlernst.«

Magdalenas Seele schien nicht recht zu verstehen, was ihr Engel meinte. »Nun, es gibt viele Möglichkeiten, um das zu bewerkstelligen. Wir sind der Meinung, dass es am besten gelingt, wenn du schon als Kind eine schwere Krankheit bekommst, die dein weiteres Leben gewaltig einschränkt. Dann wirst du nicht mehr wie bisher alles allein regeln können. Dann wirst du auf die permanente Hilfe deiner Mitmenschen angewiesen sein. Auch werden dir viele Dinge verwehrt bleiben, die anderen Kindern Freude bereiten.«

Solange ein Mensch noch in der geistigen Welt verweilt, ist er ungleich weiser und weitsichtiger, als er es im späteren Erdenleben jemals sein könnte. Außerdem wird er von hohen und höchsten Engelwesen unterstützt.

So sah Magdalena jetzt auch, dass ihre Seele dem Vorschlag freudig zustimmte. Sie nahm ihr geplantes Schicksal dankbar an, wissend, dass es letztlich zu ihrem eigenen Wohl ist.

»Dein schweres Schicksal, das du bereit bist, auf dich zu nehmen, wird auch deinen Eltern etwas bringen. Dadurch, dass sie sich intensiv um dich kümmern müssen und immer in Sorge um dich sein werden, können auch sie in ihrer geistig-seelischen Evolution einen großen Schritt weiterkommen.«

Magdalenas Seele war ganz glücklich und freute sich auf ihre Erdenmission.

Es kommt nur äußerst selten vor, dass ein Erdenmensch die Gnade erwiesen bekommt, dass Ausschnitte seines vorgeburtlichen Daseins die Bewusstseinsschwelle überschreiten. Magdalena gehörte zu diesen Ausnahmen. Gott hatte ihr Bitten und Flehen erhört...

Magdalena benötigte noch eine kurze Weile, bis sie wieder im Hier und Jetzt war. Sie konnte noch nicht recht fassen, was genau geschehen war. Dennoch hatte sie nicht den leisesten Zweifel daran, dass ihr in der kurzen Geistesschau Tatsachen gezeigt worden waren.

Sie war jetzt ganz glücklich, die wahre Ursache ihres schweren Schicksals verstanden zu haben, das sie sich aus gutem Grund in der geistigen Welt selbst ausgesucht und voll akzeptiert hatte.

Da ihr jetzt der Sinn ihrer Krankheit klar vors Seelenauge getreten war, konnte sie ihre Einschränkungen wieder mit Geduld, Demut und sogar mit Dankbarkeit tragen.

Der reiche Gutsbesitzer und der Bettler

Es lebte einst ein sehr reicher Gutsbesitzer, der so wohlhabend war, dass er sich ein Dutzend Bedienstete leisten konnte. Diese übernahmen alle anfallenden Arbeiten auf dem großen Gutshof, so dass der reiche Gutsbesitzer, dem sie auch auf vielen anderen Gebieten rund um die Uhr dienten, keinen Finger krümmen musste.

Im Grunde lag der reiche Gutsbesitzer den ganzen Tag lang nur auf der faulen Haut und schlemmte. Keine Speise war ihm köstlich und schmackhaft genug, kein Wein konnte seinen Gaumenkitzel wirklich befriedigen. Immer wieder schickte er seine Diener aus, um noch einzigartigere, ausgefallenere oder ganz neuartige Genussmittel zu besorgen. Wenn sie ihm nichts mitbrachten, was seine Genusssucht befriedigte, beschimpfte er sie heftig. Für spirituelle und religiöse Gedanken oder moralische Impulse ließ ihm sein ausschweifendes, luxuriöses Leben keinen Raum. Er glaubte weder an Gott oder Engel noch an ein Leben nach dem Tod.

Der reiche Mann hatte zahlreiche einflussreiche Freunde, die sich an seiner Seite sonnten und in seinem Luxus badeten. Mindestens einmal in der Woche feierte er mit ihnen ein rauschendes Fest, bei dem es ihnen an nichts fehlte.

Ganz in der Nähe des Gutes fristete ein obdachloser Bettler namens Jodokus sein ärmliches und erbärmliches Dasein. Obwohl er sich sein ganzes Leben lang bemühte, eine Arbeit zu finden, wollte es ihm nie gelingen. Da er sich keine feste Bleibe leisten konnte, schlief er meistens unweit des Gutes unter einer kleinen Brücke. In der warmen Jahreszeit kam er damit ganz gut zurecht; im Winter fror er jedoch oftmals ganz bitterlich. Dadurch verschlechterte sich seine Gesundheit von Jahr zu Jahr. Weil ihn stets großer Hunger quälte, war er immer darauf angewiesen, sich irgendwo ein paar Bissen zu erbetteln. Mit Ausnahme des Gutes gab es aber weit und breit kaum Häuser und somit auch kaum Menschen, die er um ein wenig Brot hätte bitten können.

So versuchte er es immer wieder bei dem reichen Gutsbesitzer. Dieser wies seine Bitte aber stets mit verletzenden Worten und höhnischem Gelächter ab. Hin und wieder gaben ihm die Bediensteten ein wenig zu essen. Als der reiche Lebemann davon erfuhr, verbot er es ihnen auf das Strengste.

Dadurch wurde die Not des Bettlers immer größer. Manchmal gelang es ihm zumindest, ein paar Essensabfälle aus der Mülltonne zu ergattern. Trotz seiner erbärmlichen Lebenslage war er ein sehr frommer Mann, der ohne den Anflug eines Zweifels an Gott und seinen Schutzengel glaubte und auf sie vertraute. Häufig hat er über sie nachgedacht, sie gepriesen und zu ihnen gebetet. Er fügte sich in sein Schicksal, so jämmerlich und bedauernswert sein Leben auch immer war.

Die Zeit verging. – Eines Tages starb der Bettler. Die himmlischen Wesen empfingen ihn mit großer Huld und Freude. Sein Engel begrüßte ihn mit den Worten: »Geliebter Jodokus, ich freue mich, dass du wieder in deiner wahren Heimat bist! Sei uns allen herzlich willkommen!« Auch Jodokus' Verwandte und Freunde, die bereits früher gestorben waren, standen zu seiner Begrüßung Spalier.

Dann geleitete sein Engel ihn in eine der wundervollsten Regionen der Himmelswelt. Jodokus spürte sehr schnell, dass er jetzt wieder zu Hause war und dass es ihm nun an nichts mehr fehlen würde. Er benötigte nur eine sehr kurze Zeit, um sich in sein neues Dasein einzugewöhnen. Schon bald gelang es ihm, alles, was in der Himmelswelt webte und weste, wahrzunehmen und weitgehend richtig zu verstehen und einzuordnen.

Jodokus war ganz selig.

Kurze Zeit später starb auch der Gutsbesitzer. Er wurde ebenfalls von seinem Engel und früher verstorbenen Verwandten und Freunden in Empfang genommen. Allerdings vermochte er es nicht, sie wahrzunehmen. Sie *schienen* für ihn einfach nicht da zu sein. Es dauerte geraume Zeit, bis er zumindest merkte, dass er noch lebte, obwohl er ja gestorben war. Aber die Welt, die sich ihm nun erschließen sollte, blieb ihm weitgehend finster und stumm. Er fühlte sich sehr einsam und litt bisweilen große Angst, weil er einfach nicht wusste, wo er war und was er dort sollte.

Als er dann endlich seine neue Lebenssituation ein wenig begriffen hatte, verspürte er wie zu seinen Lebzeiten eine unsägliche Gier nach irdischen Genüssen. Er begehrte nach köstlichen Speisen und edlen Getränken. Er fand aber in der Welt, in der er jetzt war, keine Möglichkeit mehr, diese zu befriedigen. Nun blickte er immer wieder in die Erdenwelt hinunter und hielt Ausschau nach etwas, was ihm Genuss bereiten könnte. Er schaute auf Menschen, die sich gerade an solchen Köstlichkeiten labten. Aber das nutzte ihm nichts. Er hatte ja keinen Erdenleib mehr. Ihm fehlten jetzt Zunge und Gaumen. Somit gab es für ihn auch keine Möglichkeit, diese Begierden zu befriedigen und diese Gier zu stillen. Diese Unmöglichkeit, seine Begierden zu befriedigen, empfand er wie einen brennenden Durst. Er fühlte sich einsam und verlassen, und er litt große Pein und Qual.

Nach längerer Zeit gelang es ihm dann eines Tages, seinen Engel zumindest schemenhaft wahrnehmen zu können. Natürlich wusste er nicht genau, um wen es sich handeln könnte. Flehend sprach er: »Lieber Gott, lieber Engel, lieber Geist oder wer auch immer du sein magst! Kannst du mich nicht von meiner qualvollen Lage befreien? Kannst du mir nicht den Jodokus schicken, damit ich nicht gar so allein bin und dass er mich tröstet oder mir gar ein paar meiner Qualen abnimmt?«
    Der Engel aber antwortete: »Mein liebes Menschenkind, bedenke, dass es dir in deinem Leben an nichts gefehlt hat, während Jodokus ein höchst jämmerliches und elendiges Leben führen musste! Er muss diese Qualen, die du jetzt durchmachst, nicht ertragen. Er hat in seinem Erdenleben schon genügend viel erleiden

und entbehren müssen. Daher ist er jetzt schon in einem Bereich, der dir erst sehr viel später offenstehen wird. Du musst erst lernen, dass alle die Genüsse, die du in deinem Leben geliebt hast, im Himmel keine Berechtigung haben. Du musst dich ihrer entwöhnen. Auch muss dir ganz bewusst werden, wie hochmütig du dich oftmals gegenüber deinen Dienern und wie herablassend und abweisend du dich Jodokus gegenüber verhalten hast. Du musst aus diesem Fehlverhalten die richtigen Schlüsse ziehen, damit du es beim nächsten Mal besser machen kannst. Erst dann wird es dir möglich werden, in höhere Regionen der Himmelswelt einzutreten.«

Der reiche Mann entgegnete: »Nun will ich denn versuchen, all das Leidvolle hier auszuhalten, wenn ich dafür später dann dahin kommen kann, wo Jodokus jetzt schon ist. Ich werde es geduldig ertragen. Aber ich habe noch eine Bitte: Könntest du nicht meinen noch auf der Erde weilenden Freunden erscheinen und ihnen Kunde geben, wie es mir hier gerade ergeht? Sie leben ein ähnliches Leben, wie ich es gelebt habe. Auch sie gehen ganz in den irdischen Genüssen auf und kümmern sich nicht viel um ihre Mitmenschen. Auch sie versäumen es, über den Himmel und das Leben nach dem Tod nachzudenken, so wie ich es ebenfalls versäumt habe.«

Der Engel entgegnete geduldig, aber mit großem Ernst: »Es ist nicht unsere Aufgabe, den Erdenmenschen solche Hinweise zu geben oder ihnen gar Vorschriften zu machen. Es ist uns geradezu streng verboten. Wir dürfen nicht in ihren heiligen freien Willen eingreifen. Auf der Erde gibt es zu allen Zeiten große Menschheitslehrer, denen Gott die Gabe verliehen hat, in die himmlische Welt hineinzuschauen. Auf ihre Lehren sollen die Menschen hören! Ihre Schriften sollen sie lesen!«

(Anmerkung: Diese Geschichte ist dem Gleichnis »*Vom reichen Mann und vom armen Lazarus*« aus dem *Lukas*-Evangelium, Kapitel 16, Vers 19ff. entlehnt.)

Das Kind, das seinen Eltern ein großes Opfer brachte

Ein Engel nahm das ihm anvertraute Menschenkind bei der Hand, führte es zum Himmelstor und sprach: »Mein geliebtes Kind! Es ist nun bald an der Zeit, dass du wieder einmal auf die Erde gesendet wirst. Komm ganz nah ans Himmelstor heran, dann kannst du die Menschen auf der Erde sehen, die als deine Eltern in Frage kommen könnten.« Ganz aufgeregt trat das Menschenkind, das seinem Erdenleben schon entgegenfieberte, ans Himmelstor und schaute voller Neugier und gespannter Erwartung auf die Erde herunter.

Es sah unzählige Menschen, arme und reiche, fröhliche und traurige. Sein Engel deutete mit einem seiner Flügel auf ein Ehepaar mittleren Alters, das mit seinen sechs Kindern einen Spaziergang durch die Felder machte. »Schau mal die beiden! Die wünschen sich noch sehnlichst ein weiteres Kind. Wenn du dich für sie entscheiden solltest, wirst du von ihnen viel Liebe erfahren. Sie sind allerdings ziemlich arm, so dass es dir später an manchem fehlen wird, was viele Menschen für erstrebenswert halten.« Dann zeigte der Engel auf ein anderes Paar, das gerade auf dem Weg zur Kirche war. »Oder wie wäre es mit jenen? Bei ihnen würdest du eine strenge Erziehung erhalten und vieles lernen können. Das würde aus dir später einen tüchtigen Menschen machen.« Da das Kind keine sichtbare Reaktion zeigte, fuhr sein Engel fort. »Siehst du die beiden dort unten beim Einkaufsbummel? Es sind einigermaßen wohlhabende Leute, bei denen es dir an nichts fehlen würde. Sie werden im Laufe der Jahre noch weitere Kinder bekommen. Aber die Mutter wird schon recht früh sterben, so dass du dann als ältestes Kind deinen Geschwistern die Mutter ersetzen müsstest. Das ist ein hartes Los, das dich aber reifen ließe.«

Das Menschenkind warf jeweils nur einen kurzen Blick auf die vorgestellten Paare. Dann fiel sein Blick auf ein junges Ehepaar, das daheim in der Stube saß und etwas machte, was sich seiner

Wahrnehmungsmöglichkeit nicht erschloss. »Wie wäre es denn mit diesen beiden?«, fragte es seinen Engel.

»Oh, das geht leider nicht!«, entgegnete dieser. »Die wollen keine Kinder. Und sie tun alles dafür, dass sie keine bekommen. Da sind auch meine Möglichkeiten sehr begrenzt.«

Das Menschenkind zeigte mit seinen Fingerchen auf ein weiteres Menschenpaar, das gerade in einem Gasthaus zu Abend speiste. »Was ist denn mit denen los? Warum kann ich nicht hören, was sie reden? Warum durchschaue ich ihre Gedanken und Gefühle nicht?«, fragte es erstaunt.

»Oh, das ist ein schwieriger Fall!«, sagte der Engel etwas frustriert. »Die beiden Menschen glauben nicht an den Himmel und an uns Engel. Das, was sie sprechen, denken und fühlen, können wir hier nicht wahrnehmen.«

»Was? Die glauben nicht an den Himmel und auch nicht an Engel? Ja, sind die denn blind und taub?«, fragte das Menschenkind ungläubig und fast entrüstet.

Der Engel lächelte und sagte: »Das ist nicht so einfach, mein Kind, wie du dir das vorstellst! Wenn ein Mensch erst einmal auf der Erde ist, kann er den Himmel und uns Engel nicht mehr so ohne weiteres wahrnehmen. Da muss er sich schon sehr darum bemühen.«

»Das ist ja schrecklich!«, entgegnete das Kindlein. »Kannst du ihnen nicht zeigen, dass es dich und den Himmel gibt?«

»Das ist leider kaum möglich«, sprach der Engel. »Sie müssen uns und den Himmel schon selbst finden. Diese Aufgabe dürfen wir ihnen nicht abnehmen.«

Das Menschenkind ließ nicht locker: »Könntest du nicht den lieben Gott bitten, ihnen den Himmel zu zeigen?«

»Nicht einmal der liebe Gott mit all seinen himmlischen Heerscharen könnte das bewerkstelligen. Das heißt, bewerkstelligen könnte er es natürlich schon, aber er würde es niemals tun. Er würde niemals in die Freiheit der Menschen eingreifen«, antwortete der Engel.

Das Menschenkind setzte nach. »Kann denn diesen armen Menschen wirklich niemand helfen?«, wollte es wissen.

Sein Engel schwieg eine Weile, bis er dann mit bedächtiger Stimme sprach: »Es gibt schon jemanden, der ihnen helfen kann: andere Menschen. Nur anderen Erdenmenschen könnte es möglich sein, ihnen den rechten Pfad zu weisen.«

»Und warum hilft ihnen dann kein anderer Mensch?«, fragte das Menschenkind ein wenig zornig.

»Weißt du, mein liebes Kind, die meisten Menschen denken nur an sich und bemerken gar nicht, dass es Mitmenschen gibt, die ihrer Hilfe bedürfen«, entgegnete der Engel.

»Vielleicht könntest du ja einen anderen Menschen bitten, den beiden zu helfen und ihnen von dem Himmel zu erzählen«, schlug das Kindlein vor.

»Nein, Nein!«, erwiderte sein Engel. »Auch einen solchen Rat dürfen wir anderen Menschen nicht geben. Darauf müssen sie von ganz alleine kommen.«

»Aber da muss doch irgendetwas zu machen sein!«, rief das Kind ganz aufgeregt und beinahe fordernd.

Der Engel schwieg ungewöhnlich lange. Dann sagte er etwas zögerlich: »Du könntest ihnen helfen!« und nahm seinen Schützling dabei behutsam in seine Flügelarme.

»Ich?«, rief das Menschenkind. »Ja, aber natürlich, sofort! Was habe ich zu tun?«

Dem Engel schien es schwer zu fallen, das zu sagen, was er sagen musste. »Nun, du könntest dich für die beiden als deine Eltern entscheiden. Sie wünschen sich schon seit geraumer Zeit ein Kind. Das wäre machbar.«

»Ja, natürlich! Du kannst mich gleich zu ihnen hinunterschicken!«, platzte es aus dem Kindlein heraus, das dann aber noch nachlegte: »Aber wie könnte ich ihnen helfen? Was müsste ich tun?«

»Genau das ist das Problem!«, sagte der Engel mit einem mitleidsvollen Blick. »Es ist nicht einfach, den beiden zu helfen. Da müsste schon etwas recht Radikales passieren.«

»Ja, was denn? Ich bin zu allem bereit!«, sprudelte es aus dem Kindlein tatendurstig heraus.

»Es müsste schon wirklich etwas ganz Dramatisches geschehen. Aber das kann keiner von dir verlangen.«

»Sage mir, was ich zu tun habe!«, sprach das Menschenkind voller Freude. Zögerlich sagte sein Engel: »Du müsstest dich bereit erklären, dein Leben schon als Kind – sagen wir nach etwa zehn Jahren – zu beenden. Dein Tod würde deine Eltern in tiefste Trauer stürzen. Aber aus dieser abgrundtiefen Trauer könnten in ihrer Seele die Kräfte reifen, die ihrem Leben eine ganz andere Richtung geben könnten.«

Das Kind war zutiefst betroffen und stammelte: »Was? Nur zehn Jahre sollen mir vergönnt sein? Aber ich freue mich doch schon so auf mein Leben auf der Erde. Ich würde doch gern sehr lange da unten bleiben.«

»Ich habe dir ja bereits gesagt, dass das keiner von dir erwarten kann. Vergessen wir es und schauen uns nach einem anderen Elternpaar um«, sprach der Engel verständnisvoll.

»Nein, nein!«, entgegnete das Kindlein. »Ich bin dazu bereit! Ich werde es machen! Die beiden lieben Menschen tun mir unsagbar leid. Einer muss ihnen ja helfen! Aber ich hätte eine Bedingung! Ich möchte ein Knabe werden!«

»Das lässt sich machen«, gab ihm sein Engel zur Antwort. Dann schaute er auf die Weltenuhr und sprach: »Es dauert nur noch wenige Augenblicke, bis ich dich zu deinen Eltern schicken werde.« Er nahm seinen geliebten Schützling noch einmal zärtlich in seine Flügelarme und sagte zum Abschied: »Mach es gut, mein geliebtes Kind! Vergiss nicht, ich bin immer in deiner Nähe. Schon in ganz wenigen Jahren wirst du das nicht mehr bemerken können. Tief in deiner Seele wirst du aber wissen, dass ich immer bei dir bin.«

Darauf entließ er das Menschenkind Gott befohlen durchs Himmelstor.

Neun Monate später brachte die zur Mutter auserkorene Frau einen gesunden, strammen Burschen zur Welt. Die Freude der Eltern war unbeschreiblich! Sie gaben ihm den Namen Johannes. Der Knabe wuchs und gedieh prächtig. Nicht nur die Eltern, deren ganzer Stolz und Lebensinhalt er mittlerweile geworden war, sondern auch alle anderen Menschen, die ihn kannten, hatten ihn von Herzen lieb. Auch er liebte seine Eltern über alles. Sie gaben ihm alles und jedes, was das Herz eines kleinen Knaben begehrt.

Wirklich alles? Nein, eines konnten sie ihm nicht geben. Sie vermochten es nicht, das zur Reife zu bringen, was wie ein zarter Keim aus seinem Leben im Himmel in seiner Seele ruhte.

Die Zeit verging. Als er ungefähr sieben Jahre alt war, beschloss er auf einem seiner Streifzüge durch die Nachbarschaft einen Blick in die Kirche zu werfen, die er zuvor nie betreten hatte. Beim Rundgang durch das Kirchenschiff blieb sein Blick sofort an einem gewaltigen Gemälde hängen, das einen Engel mit mächtigen goldenen Flügeln zeigte. Fasziniert und fast wie entrückt blieb er viele Minuten vor dem Gemälde stehen. Ihm war so, als würde er die dargestellte Figur kennen. Später zog es ihn immer wieder – manchmal mehrmals in der Woche – geradezu magisch in die Kirche zu diesem Bild. Seinen Eltern erzählte er nichts davon, weil er spürte, dass ihnen die Kirche und Engel nichts bedeuteten.

Der Tag seines zehnten Geburtstages rückte näher. Wenige Tage zuvor bekam der Knabe plötzlich hohes Fieber. Jede Therapie versagte. Das Fieber wollte nicht weichen. Die Ärzte standen vor einem Rätsel. Zwei Wochen später starb der Knabe.

Sofort wurde er wieder durchs Himmelstor hereingelassen. Sein Engel, den er gleich wiedererkannte, erwartete ihn schon voller Freude und schloss ihn in seine Flügelarme.

»Sag bloß, du hast schon auf mich gewartet?«, fragte der Knabe.

»Ja, natürlich!«, entgegnete sein Engel. »Ich war all die Jahre immer bei dir. Aber erst jetzt kannst du mich wieder sehen.«

Der Knabe schaute auf seine Beine hinunter und fragte entsetzt: »Wo ist denn meine Lederhose? Ich sehe gar nicht wie ein richtiger Junge aus!«

Der Engel lächelte: »Hier im Himmel gibt es weder Jungen noch Mädchen. Hier bist du wieder ein Menschenkind.«

Das Menschenkind gewöhnte sich aber schnell daran, jetzt wieder nur ein Menschenkind zu sein. Irgendwie hatte es den Eindruck, dass im Himmel ein freudiges Treiben herrschte, das er vor seiner kurzen Erdenlaufbahn hier nie erlebt hatte. »Was ist denn hier los?«, fragte es.

»Heute ist ein besonderer Tag. Du hast etwas ganz Großartiges vollbracht! Das wird von allen Engeln gefeiert«, antwortete der Engel.

Das Menschenkind fühlte sich immer wieder hin- und hergerissen. Einerseits freute es sich sehr, wieder im Himmel bei seinem geliebten Engel zu sein, andererseits war es aber doch ziemlich traurig, nicht mehr auf der Erde bei seinen Eltern sein zu können. Sein Engel spürte das natürlich und sprach: »Du darfst – so oft du willst – zu deinen Eltern gehen. Sei dir aber dessen bewusst, dass sie deine Anwesenheit nicht bemerken können.«

So machte sich das Menschenkind täglich auf, um sich in der Nähe seiner Eltern aufhalten zu können. Anfangs war es recht deprimiert, dass seine Eltern seine Gegenwart nicht zu spüren vermochten. Als es sich dann daran erinnerte, dass es in seinen Erdenjahren die Anwesenheit seines Engels auch nicht bemerkt hatte, tröstete ihn das ein wenig. Wann immer es sich in der Nähe der Eltern aufhielt, konnte es deren tiefe Trauer um seinen Tod miterleben. Ihre Worte und Gedanken konnte er nur schemenhaft vernehmen.

Nach einiger Zeit sagte es zu seinem Engel: »Lieber Engel, ich kann einfach nicht erkennen, dass ich meinen Eltern wirklich geholfen haben sollte. Sie sind doch nur immer traurig. Ich glaube, unser Vorhaben ist gescheitert.«

»Jetzt warst du nur so kurze Zeit bei den Erdenmenschen und hast dich schon von deren Ungeduld anstecken lassen«, sprach der Engel laut lachend. »Warte doch einfach mal ab! ›Gut Ding will Weile haben!‹, sagen kluge Erdenbürger.«

Nach irdischer Zeitrechnung waren mittlerweile fast drei Jahre vergangen, seitdem das Erdenkind wieder zum Menschenkind geworden war. Als es eines Tages wieder einmal vom Himmel aus auf seine Eltern schaute, rief es hoch erfreut: »Ich kann sie hören! Ich kann sie hören! Ich kann jetzt deutlich verstehen, was sie sprechen, ja, sogar ihre Gedanken kann ich vernehmen!«

Der Engel lächelte und sprach: »Ja, natürlich! Es ist jetzt genau das eingetreten, was ich erhofft hatte. Die tiefe Trauer um deinen Tod hat ihre Herzen erweicht. Das hat Kräfte in ihren Seelen freigesetzt, die sie veranlasst haben, ihr Leben völlig neu zu organisieren. Sie denken jetzt sogar über den Himmel nach und gehen hin und wieder in die Kirche. Dein Vater kümmert sich in seiner Freizeit um alte Menschen, die er regelmäßig besucht und denen er zur Hand geht. In ihrer Nachbarschaft ist ein junges Ehepaar eingezogen, das bereits drei Kinder hat. Die Frau ist etwas kränklich und mit der Versorgung ihrer Kinder oft überfordert. Da hilft deine Mutter in rührender Weise. Du siehst, deine Mission war von Erfolg gekrönt.«

Das Menschenkind strahlte vor Glück. Wann immer ihm nun danach war, konnte es an dem Leben seiner geliebten Eltern teilhaben.

Es vergingen weitere Erdenjahre. Eines Tages kam der Engel auf das Menschenkind zu und sprach: »Komm mit zum Himmelstor! Es ist an der Zeit, dass du wieder auf die Erde hinabsteigst. Lass uns einmal schauen, ob wir geeignete Eltern für dich finden.«

»Da brauche ich nicht lange suchen!«, rief das Kindlein freudig erregt. »Ich möchte wieder zu meinen früheren Eltern!«

Sein Schutzengel legte behutsam seinen rechten Flügelarm um seinen Schützling und sprach mit leiser Stimme: »Das ist leider nicht möglich, mein geliebtes Kind. Deine Mutter ist mittlerweile in einem Alter, in dem sie keine Kinder mehr gebären kann. Da können auch wir nichts machen.«

Das Menschenkind wurde ganz traurig, sah aber schließlich ein, dass sein Wunsch nicht zu erfüllen war.

»Aber ich habe da eine Idee!«, sagte der Engel mit leicht verschmitztem Lächeln. »Der neuen Nachbarin deiner Eltern, die mittlerweile wieder bei bester Gesundheit ist, wäre ein viertes Kind nicht unrecht. Dann wärst du immer in der Nähe deiner Eltern und du könntest ihnen sowie deinen neuen Eltern viel Freude bereiten. Dieses Leben würde dir zwar in fernerer Zukunft einige Lasten auferlegen, aber dadurch könntest du weiter reifen.«

»Hurra!«, rief das Kindlein voller Freude. »Schicke mich sofort zu ihnen!«

Knapp neun Monate später gebar die Nachbarin einen gesunden Jungen. Die neuen Eltern freuten sich sehr. Die frühere Mutter, die sich ja ohnehin schon sehr liebevoll um die anderen Kinder der Nachbarn kümmerte, schloss den neuen Erdenbürger sofort in ihr Herz. Ohne die anderen zu vernachlässigen, widmete sie ihm besonders viel Zeit und Aufmerksamkeit.

»Der Kleine ist genau wie unser Hänschen!«, hörte man sie immer wieder sagen.

Die verlogene Trauerrede

K onrad Heinzmann leitete seit Jahrzehnten eine Kleiderfabrik im Westfälischen. Er war nicht gerade das, was man einen guten, fürsorglichen und sympathischen Menschen nennen könnte.

Er war ein sehr strenger Chef, ein Patriarch alter Schule. Vorschläge und Ideen seiner Mitarbeiter, die nicht mit den seinigen übereinstimmten, wies er stets schroff ab. Er zahlte seinen Angestellten gerade einmal den Mindestlohn. Nie wäre es ihm in den Sinn gekommen, einen Mitarbeiter zu loben, selbst wenn dieser ganz hervorragende Leistungen erbracht hatte. Auch hatte Herr Heinzmann nie Skrupel, einen seiner Angestellten auf die Straße zu setzen, wenn er seinen Erwartungen nicht ganz entsprach. Da scherte es ihn auch nicht, wenn dieser Frau und Kinder zu versorgen hatte.

Auch als Ehemann und Vater taugte er nicht als Vorbild. Seine Frau konnte ihm nie etwas recht machen. Immer wieder fand er einen Anlass, um an ihr rumzunörgeln. Seine zwei Söhne bekamen ihn selten zu Gesicht. Er glaubte wichtigeres zu tun zu haben, als sich um sie zu kümmern. Wenn er dann doch einmal mit ihnen zusammen war, so hatte er selten etwas besseres zu tun, als sie zu tadeln oder gar zu beschimpfen.

Obwohl er nicht gerade ein tiefgläubiger Mensch war, besuchte er doch recht häufig den Gottesdienst in der Kirche seiner Heimatstadt. Er wollte nach außen als ordentlicher und anständiger Mensch gelten. Dem Pfarrer übergab er des Öfteren kleine und durchaus auch einmal größere Geldspenden, um sich bei ihm ins rechte Licht zu setzen. Auch glaubte er wohl, sich dadurch vielleicht sein Seelenheil erkaufen zu können.

Im Alter von 62 Jahren wurde Herr Heinzmann schwer krank. Sein Arzt konnte ihm keine Hoffnung machen, dass er mit einer

Genesung rechnen könnte. Er musste seine Position in der Fabrik seinem Stellvertreter übertragen.

Schon bald konnte Herr Heinzmann sein Krankenlager nicht mehr verlassen.

Er hatte jetzt viel Zeit, über sich und sein Leben nachzudenken. Je mehr Tage und Wochen verstrichen, desto klarer wurde ihm, dass er eigentlich ein recht widerlicher und unausstehlicher Kerl war. Er bereute sein zum Teil höchst abscheuliches Verhalten zutiefst. Aber er sah jetzt keine Möglichkeit mehr, etwas zu ändern, etwas gutzumachen. Dazu waren seine Lebenskräfte viel zu schwach und die Zeit, die ihm noch blieb, viel zu kurz.

Knapp ein Jahr später starb Herr Heinzmann. Zu Lebzeiten hatte er durchaus daran geglaubt, dass es ein Leben nach dem Tod gebe, wenngleich er sich da keine großen Gedanken darüber gemacht hatte. Daher konnte er jetzt, kurz nachdem er in der anderen Welt war, zumindest durchaus erkennen, dass es ihn noch gab, dass er noch existierte.

Dennoch dauerte es Tage, bis er sich hier einigermaßen zurechtfand. Es traten jetzt immer mehr andere Verstorbene und auch Engelwesen an ihn heran. Einige der verstorbenen Menschen erkannte er, die weitaus meisten nicht.

Einer von ihnen fragte Herrn Heinzmann: »Hallo! Wer bist denn du?« »Was hast du im Leben gemacht? Was hast du geleistet? Was für ein Mensch warst du?«, wollte ein anderer wissen.

Herr Heinzmann wusste nicht so recht, was er antworten sollte, zumal es ihm unangenehm war, zugeben zu müssen, dass er alles andere als ein guter Mensch gewesen war. Er hatte eigentlich nichts Positives über sich zu berichten.

Dann kam ihm eine Idee. Er hatte mitbekommen, dass sein Leichnam seinem Wunsch entsprechend eingeäschert wurde und dass die Trauerfeier mit anschließender Urnenbeisetzung in zwei Tagen stattfinden sollte. Da er recht häufig in der Kirche war, wusste er, dass der Pfarrer immer eine Trauerrede hält, in der er über das Leben des Verstorbenen, seine Leistungen, seine Verdienste, usw. spricht.

So sagte er denn: »In zwei Tagen findet auf der Erde die Trauerfeier für mich statt. Da wird der Pfarrer in seiner Trauerrede alles über mich berichten, was wissenswert ist. Hört euch diese Rede an. Dann könnt ihr Antworten auf eure Fragen finden. Dann werdet ihr auch erfahren, dass ich alles andere als ein guter Kerl war, leider!«

Die anderen Verstorbenen fanden diesen Vorschlag gut, und man beschloss, sich in zwei Tagen die Trauerrede gemeinsam anzuhören.

Es kam der Tag der Trauerfeier. Auf der Erde trafen viele Trauergäste in der Kirche ein, natürlich auch seine Frau, seine Söhne, seine ehemaligen Mitarbeiter und viele mehr. Der Pfarrer betrat mit feierlicher und würdevoller Miene den Altarraum und legte nach kurzer Begrüßung der Trauergemeinde sogleich mit seiner Rede los.

In der anderen Welt lauschte man gespannt.

Der Pfarrer begann:

»Wir müssen heute von einem besonders guten und großzügigen Menschen Abschied nehmen. Der liebe Verstorbene verließ uns vor zehn Tagen für immer. Von seiner schweren Krankheit, die er mit großer Geduld und Gottvertrauen ertragen hatte, wurde er im Alter von 63 Jahren von Gott, unserem Herrn erlöst und zu sich berufen.

Der Verstorbene leitete seit fast dreißig Jahren die Geschicke seiner Fabrik. Seinen Mitarbeitern war er wie ein Vater, der stets ein Ohr für ihre Sorgen und Nöte hatte. Er war ein äußerst liebevoller Ehemann und ein treusorgender Vater. Unsere Gemeinde hat er stets auf allen Ebenen unterstützt und mit großzügigen Spenden bedacht.

Wir alle werden ihn sehr vermissen! Herr, gib ihm die ewige Ruhe!«

Herr Heinzmann, der die Rede mit seinen neuen Bekannten voller Spannung verfolgte, war völlig irritiert. Die verstorbenen Freunde dachten: »Der muss ja ein ganz toller Mensch gewesen sein! Dem wird es hier in seiner neuen Welt recht gut ergehen!«

Einige Engelwesen, die sich die Rede ebenfalls angehört hatten und die Wahrheit natürlich kannten, schauten sich nur ganz verdutzt an und schlugen ihre Flügel vors Gesicht.

Dann versuchte Herr Heinzmann, etwas richtigzustellen: »Entschuldigt bitte! Da muss ein Missverständnis vorliegen. Der hat gar nicht von mir gesprochen! Ich glaube, wir haben die Trauerfeier eines anderen Menschen verfolgt!«

Die schützende Kraft der verstorbenen Großmutter

Ein Jahr nach dem Tod ihres Mannes löste die zu diesem Zeitpunkt 82-jährige Helene Linden ihre Wohnung auf und zog in das Haus ihrer Tochter, in dem neben deren Mann noch ihr kleiner Sohn Martin lebte.

Frau Linden war eine sehr fromme Frau, die sich auch mit spirituellen Themen beschäftigte. Da sie noch recht rüstig und insbesondere völlig klar im Kopf war, befasste sie sich sehr viel mit ihrem Enkelsohn. Martin liebte seine Großmutter über alles. Er schätzte es sehr, wenn diese mit ihm im Garten spielte oder wenn sie ihm Geschichten erzählte oder aus Büchern vorlas.

Kurz vor Vollendung ihres 88. Geburtstags wurde Frau Linden schwer krank. Schon bald konnte sie das Bett nicht mehr verlassen. Ihre Tochter und ihr mittlerweile elfjähriger Enkel kümmerten sich liebevoll um sie.

Frau Linden war bewusst, dass sie bald die Pforte des Todes durchschreiten werde. Als sie das ihren Angehörigen offenbarte, wollten diese das zunächst nicht wahrhaben. Erst als der Arzt ihre Prognose bestätigte, gelang es ihnen, der Wahrheit ins Auge zu sehen.

Jeden Tag trat Martin mehrmals an das Bett der sterbenden Großmutter. Er war unendlich traurig. Immer wieder versuchte seine Großmutter, ihn zu trösten.

Am Abend vor ihrem Übergang saß Martin wieder einmal am Bett der Großmutter. »Wie ist das eigentlich, wenn man stirbt, Großmutter?«

Die Großmutter lächelte, streichelte ihrem Enkelsohn übers Haar und sagte: »Du kannst dir das vielleicht so vorstellen: Es ist so ähnlich, wie wenn du ein altes zerschlissenes Gewand aus- und ein neues, frisches anziehst. Das alte Gewand ist mein Körper, der alt und schwach ist, der mir keine Dienste mehr erweisen kann. Wie das neue Gewand, das ich dann anziehen werde, ausschaut, weiß ich nicht ganz genau. Aber es wird mir gute Dienste erweisen.«

»Und wo bist du dann in deinem neuen Gewand?«, fragte Martin.

»Dann werde ich in einer ganz anderen Welt sein, die viele Himmel nennen.«

»Ich bin so traurig, dass du dann nicht mehr hier bist.«

»Mache dir keine Sorgen, Martin! Du wirst mich zwar nicht mehr sehen können, aber ich werde immer in deiner Nähe sein. Insbesondere dann, wenn du an mich denkst oder für mich betest, werde ich bei dir sein.«

Die Großmutter schwieg eine Weile, bevor sie fortfuhr: »Du kannst dir sicher sein, dass ich immer ein wachendes Auge auf dich haben werde. Ähnlich wie dein Schutzengel werde ich dich stets zu beschützen versuchen.«

Sie hatte dieses noch nicht ganz ausgesprochen, als ihr der Gedanke kam: »Ich bin mir gar nicht so sicher, ob die Seele eines Verstorbenen wirklich Erdenmenschen zu beschützen vermag. Vielleicht habe ich mich da ein wenig zu weit aus dem Fenster gelehnt.«

In den frühen Morgenstunden des nächsten Tages ging Frau Linden ganz friedlich über die Schwelle des Todes.

Freilich war Martin sehr traurig, aber das, was seine Großmutter ihm am Vorabend gesagt hatte, empfand er als einen großen Trost.

In der Folgezeit dachte er noch sehr viel an sie. Häufig erinnerte er sich an die vielen schönen Stunden, die er mit seiner Großmutter verleben durfte. Manchmal hatte er das Gefühl, wie wenn sie bei ihm wäre.

In der Tat hielt sich die Seele seiner Großmutter oftmals ganz in seiner Nähe auf. Nachdem sie sich an die Bedingungen der Geisteswelt schon ganz gut gewöhnt hatte, kam ihr immer wieder der

Gedanke, ob und wie sie ihren Enkel tatsächlich beschützen könnte. Dass es einem Schutzengel möglich ist, einen Menschen vor Unheil zu behüten, war für sie Gewissheit. Natürlich konnte sie Martins Leben noch mitverfolgen. Aber wie könnte sie bemerken, dass ihm eine Gefahr droht? Und selbst wenn sie es erkennen sollte, wie könnte sie ihn dann davor bewahren?

Selbstverständlich bekam ihr Engel diese quälenden Gedanken mit. Eines Tages trat er an die Seele heran und sprach: »Wie du selbst weißt, ist es für einen Schutzengel ohne weiteres möglich, seinen Schützling vor einem Unglück, das nicht in seinem Schicksal liegt, zu bewahren.«

Noch bevor der Engel weiterreden konnte, platzte die Frage aus Frau Lindens Seele heraus: »Wie könnt ihr Engel denn überhaupt bemerken, dass ein Erdenmensch in großer Gefahr ist? Woher könnt ihr das wissen?«

»Nun, das ist für einen verkörperten Menschen schwer zu verstehen. Aber eine Seele, die so wie du jetzt in der Himmelswelt ist, kann es begreifen. Ich will versuchen, es dir zu erklären: Jeden Tag erwarten einen Erdenmenschen unzählige Ereignisse, die eintreten *könnten*. Die meisten treten eben deshalb nicht ein, weil sie bestimmte Dinge zu ganz bestimmten Zeitpunkten machen, oder aber, weil sie diese unterlassen. Die *Wirklichkeiten*, die sie erleben, bilden nur einen verschwindend geringen Ausschnitt aus den *möglichen* Erlebnissen, die sie haben könnten. Die Menschen müssen Tag für Tag Entscheidungen treffen. Je nachdem, wie sie sich entscheiden, erleben sie eine ganz andere Wirklichkeit. Die Fülle der Möglichkeiten ist ihnen nicht bewusst. Darüber denken sie nicht nach.

Und jetzt kommt der entscheidende Punkt: Ein Engel überblickt auch die Sphäre derjenigen Ereignisse, die in Abhängigkeit der Entscheidung, die ein Mensch trifft, eintreten *könnten*. Die sind für ihn genau so real. Und das ist auch vielen Seelen der verstorbenen Menschen möglich. Dass es auch dir möglich ist, werde ich dir jetzt zeigen.«

Dann schauten beide auf Martin. Er war mittlerweile achtzehn Jahre alt und hatte seit kurzem einen Führerschein. Er war gerade dabei, sich auf den Weg zur Arbeit zu begeben. Er überlegte noch, welche Strecke er heute fahren sollte.

Frau Lindens Seele konnte es erst gar nicht fassen, was sie jetzt gewahr wurde. Sie sah nun ganz realistisch, welche Möglichkeiten in Abhängigkeit von Martins Entscheidung in den Bereich der Wirklichkeit eintreten könnten. Wie im Zeitraffer sah sie etliche Szenarien, die je nachdem, wann genau ihr Enkel losfahren und welche Strecke er wählen würde, Wirklichkeit werden könnten. Durch diese verschiedenen Varianten hätte er nichts *wesentlich* anderes erlebt. Hätte er sich beispielsweise für eine andere Strecke als die, welche er üblicherweise wählte, entschieden, so wäre er zu spät zur Arbeit gekommen. Die ganze Fülle der möglichen Ereignisse war der Seele der Großmutter offenbar.

Der Engel fuhr fort: »Nun weißt du also, wie du selbst sehen kannst, was auf einen Erdenmenschen, dem dein aufrichtiges und liebevolles Interesse gilt, alles zukommen kann. Das ist gar nicht so schwierig.«

»Ja, das ist sehr beeindruckend! Aber wie ist es dann, wenn ich sehe, dass eine bestimmte Entscheidung, die mein Enkelsohn trifft, ihn in große Gefahr bringt? Wie kann ich jetzt dafür sorgen, dass er von dieser Abstand nimmt?«

»Ja, das ist das Entscheidende. Aber es ist gar nicht einmal so schwierig! Du kannst ihm beispielsweise den Gedanken oder den Impuls schicken, von seinem Vorhaben abzulassen bzw. sich anders zu entscheiden. Falls keine Eile geboten ist, kannst du auch in seine Träume hineinwirken und ihm eine Botschaft senden. Aber jetzt kommt das Problem: Die Menschen werden das zwar häufig mitbekommen, aber meistens nicht richtig deuten. Oftmals nehmen sie diese Impulse nicht ernst. Dann musst du noch eines beachten: Manchmal *müssen* Erdenmenschen auch sehr unangenehme Erfahrungen machen, die erforderlich sind, damit sich ihr notwendiges Schicksal erfüllen kann. Da dürfen wir niemals eingreifen!«

Die Seele bedankte sich bei ihrem Engel sehr herzlich für die Unterweisung.

Schon ein paar Wochen später kam der Tag, an dem Frau Lindens Seele ihr neues Wissen in die Tat umsetzen konnte.
Ihr Enkel wollte an einem Herbsttag seinem Vater, der als Forstarbeiter tätig war, dabei helfen, im Wald Bäume zu fällen.

Die beiden machten sich gerade auf, in den Wald zu fahren.
Der Seele seiner Großmutter war offenbar, dass schon in Kürze ein Sturm aufziehen werde, der immer heftiger wird. Sie ›sah‹, wie ihr Enkel von einem herabstürzenden Ast erschlagen würde. Auch wusste sie, dass es für Martin noch nicht an der Zeit war zu sterben.

Als Martin und sein Vater mit ihrer Arbeit im Wald begonnen hatten, zog tatsächlich ein starker Wind auf. Von Minute zu Minute wurde es stürmischer. Schon brachen die ersten Äste und Zweige von den Bäumen. Die Seele der Großmutter schickte mit aller Intensität, zu der sie fähig war, ihrem Enkel den Impuls, die Arbeit zu unterbrechen und nach Hause zu fahren.
Martin hatte den Eindruck, als ob in seinem Inneren eine Stimme sagen würde: »Lasse es sein! Kehre um!«

Natürlich konnte er sich dieses Phänomen nicht erklären, aber er konnte es nicht ignorieren. So sagte er seinem Vater: »Das ist mir zu gefährlich. Der Sturm wird immer heftiger. Lass uns heimfahren.« Sein Vater stimmte zu, und so machten sich beide auf den Heimweg.

Zu Hause angekommen erzählte er seiner Mutter von der sonderbaren Stimme und meinte: »Vielleicht war es ja die Großmutter, die uns gewarnt hat.«
Seine Mutter lächelte und sprach: »Ja, wer weiß! Vielleicht war es aber auch dein Schutzengel. Ich bin auf jeden Fall heilfroh, dass euch nichts passiert ist!«

Aus der Perspektive des Opfers

I n der Mitte des letzten Jahrhunderts lebte Fritz Müller am Stadtrand von Berlin. Der junge Mann arbeitete als Schlosser in einer kleinen Werkstatt, wo er gerade einmal so viel verdiente, dass es einigermaßen ausreichte, um seinen Lebensunterhalt zu bestreiten.

Fritz litt sehr darunter, dass er sich im Gegensatz zu vielen seiner Bekannten kaum etwas leisten konnte. Um wenigstens einmal in den Urlaub fahren zu können, nahm er immer wieder einen Kredit auf. Mittlerweile waren seine Schulden so hoch, dass er sie nicht mehr begleichen konnte.

Eines Tages dachte er: »Mit ehrlicher Arbeit werde ich die Schulden nie los werden. Ich muss auf andere Art zu Geld kommen.«

Schließlich fasste er den grausamen Plan, einen Menschen zu entführen und Lösegeld zu erpressen.

Schon bald hatte er eine Idee, wen er entführen und wo er ihn gefangen halten könnte.

In Berlin lebte eine wohlhabende Kaufmannsfamilie, die eine 15-jährige Tochter hatte.

Eines Morgens, als diese sich gerade auf den Schulweg begab, brachte er sie in seine Gewalt, betäubte sie, zerrte sie ins Auto und brachte sie in sein Haus, wo er sie in einem winzigen Kellerraum, in den kein einziger Lichtstrahl hineindringen konnte, einsperrte.

Dort hielt er das Mädchen sechs Tage gefangen. Das Opfer litt fürchterliche Angst. Nur hin und wieder bekam sie von ihrem Entführer ein wenig zu essen und etwas Wasser. Es hatte kaum noch Hoffnung, dieses Verlies jemals wieder lebend verlassen zu können.

Erst nach vier Tagen forderte Fritz Müller die Eltern telefonisch auf: »Wenn Sie Ihre Tochter lebend wiedersehen wollen, will ich 50.000 DM haben. Wenn Sie die Polizei einschalten, ist Ihre Tochter tot!« Dann nannte er ein geheimes Plätzchen in einem Waldgebiet, wo sie an einem bestimmten Tag das Geld deponieren sollten.

Erst der zweite Versuch, das Geld zu übergeben, gelang. Einen Tag später ließ Fritz die Kaufmannstochter frei.

Der Täter wurde allerdings nicht glücklich. Bereits nach wenigen Tagen meldete sich sein schlechtes Gewissen. Das Mädchen tat ihm unendlich leid. Allerdings konnte er sich nicht annähernd in die Ängste und Qualen hineinversetzen, die sein Opfer in diesen sechs Tagen durchzumachen hatte. Dann stieg immer wieder der Gedanke in ihm auf: »Ich muss jetzt permanent damit rechnen, dass die Polizei mich vielleicht doch noch als Täter ermitteln wird. Ich kann keinen Schritt mehr machen, ohne befürchten zu müssen, dass ich geschnappt werde. Damit kann ich nicht leben.«

So stellte sich Fritz Müller wenige Wochen später der Polizei. Auch übergab er die noch übrig gebliebenen 43.000 DM des Lösegeldes.

Daher fiel sein Gerichtsurteil recht milde aus. Er wurde zu fünf Jahren Gefängnis verdonnert. Wegen sehr guter Führung musste er sogar nur drei Jahre absitzen.

Dreißig Jahre später starb er.

Zu den vielen Erlebnissen und Erfahrungen, die auf einen Menschen, der durch die Todespforte gegangen ist, in der Region, die oftmals als »Fegefeuer« bezeichnet wird, zukommen, gehört auch das Folgende: Die Seele durchlebt gewissermaßen noch einmal – und zwar höchst real und in allen Einzelheiten – ihr komplettes abgelegtes Erdenleben. Sie ›durchwandert‹ noch einmal ihr ganzes Leben, und zwar rückwärts, beginnend mit dem Todestag bis hin zum Tage der Geburt. Alles, was die Seele im Zusammensein mit anderen Menschen konkret erlebt hat, durchlebt sie erneut in intensivster Weise. Dieses rückwärts verlaufende Erleben nimmt sich so aus, dass die Seele es nicht aus *ihrer* Sicht erlebt, sondern aus der der Mitmenschen. Wenn der Mensch, in dem die Seele verkörpert war, also beispielsweise einmal einen anderen Menschen beleidigt oder beschimpft hat, so erlebt er das jetzt zum entsprechenden Zeitpunkt aus der Sicht des anderen. Er ›steckt‹ gewissermaßen im anderen Menschen ›drin‹. So kann er fühlen, wie sich sein Gegenüber damals gefühlt hat. Wenn er etwa einen anderen Menschen beleidigt hat, so empfindet er in seinem eigenen Inneren, wie dem anderen damals zu Mute war, wie ihn das geschmerzt hat. Wenn er beispielweise jemandem eine Ohrfeige gegeben hat, so fühlt er jetzt den Schmerz und alle anderen Gefühle, die sein Mitmensch zu jener Zeit hatte.

Als nach irdischer Zeitrechnung etwa zehn Jahre nach seinem Tod vergangen waren, kam die Seele von Fritz Müller bei ihrem Rückerleben in die Zeit zurück, als er die Kaufmannstochter entführt und sechs Tage gefangen gehalten hatte.

Die Seele erlebte und fühlte jetzt alles aus der Perspektive des Opfers. Sie hatte den Eindruck, sie zu sein. So verspürte sie jetzt in ihrem Inneren zunächst die Ohnmacht, Hilflosigkeit und Erniedrigung, die das Mädchen damals überkam. Dann spürte sie immer wieder die quälenden Ängste und die Todesfurcht des Mädchens. Sie empfand den Hunger und den Durst, welche das Opfer einst hatte. Sie fühlte sich völlig ausgeliefert.

Es war ganz entsetzlich! Die Seele fasste dieses Erleben als eine gerechte Strafe auf. Sie empfand eine unglaubliche Reue und hätte am liebsten wieder alles gutgemacht. Allerdings wusste sie nicht, wie das gelingen könnte.

Nach etwa zwei Tagen hatte sie diese sechs schlimmen Tage aus ihrem Erdenleben komplett durchlebt.

Dann nahm die Seele wahr, dass ein Engel in ihr Bewusstseinsfeld trat. Dieser sprach: »Geliebte Seele! Das, was du soeben durchlitten hast, darfst du nicht als Strafe auffassen. Bestraft wird hier keiner – nicht einmal der böseste Mensch! Du musst das so sehen: Dadurch, dass du jetzt in deinem eigenen Inneren gespürt hast, wie sich das Mädchen einst gefühlt hatte, konnte dir so richtig klar werden, wie schlimm deine Tat war. Du hast ja jetzt schon den Wunsch, das wieder gutzumachen. Aber das ist nicht so einfach. Wenn die Seele, die so sehr unter deiner fürchterlichen Tat zu leiden hatte, eines Tages auch in der Geisteswelt sein wird, werdet ihr euch begegnen. Aber ihr werdet hier kein gutes Verhältnis pflegen können. Hier kann nichts wieder gutgemacht werden. Ausgleichen kannst du deine Verfehlung erst, wenn ihr beide erneut in einem Erdenleben seid. Da werdet ihr in der einen oder anderen Form wieder zusammenkommen. Dann kannst du ihr Gutes tun, um deine alte Tat auszugleichen.«

Fritz Müller hatte zu Lebzeiten nie davon gehört, dass ein Menschenwesen viele Male auf die Erde kommt. Wenngleich er sich das auch jetzt noch nicht so richtig vorstellen konnte, so war er doch ganz glücklich, dass ihm irgendwann und irgendwo die Gelegenheit geboten werde, seine schlimme Tat gutzumachen...

E ine Seele ging durch die Pforte des Todes. Als sie die Pforte durchschritten hatte, war sie völlig irritiert und verwirrt. »Wo bin ich hier? Bin ich nicht soeben gestorben? Aber mir ist, als ob ich noch lebte«, dachte sie.

Dann sah sie plötzlich unzählige Bilder ihres soeben verflossenen Erdenlebens. In allen Einzelheiten und in aller Deutlichkeit tauchten sämtliche Erlebnisse auf, die sie jemals hatte. »Das muss wohl das sein, von dem Menschen berichten, die Nahtod-Erfahrungen hatten«, glaubte sie. »Also bin ich noch gar nicht gestorben, zumindest noch nicht so ganz. Das sind vermutlich Halluzinationen. Sobald die Ärzte mich reanimiert haben werden, wird der Spuk vorbei sein. Das kann nicht so lange dauern.«

Doch diese Lebensrückschau dauerte viel länger, als sie vermutet hatte. Umso mehr war sie jetzt verwirrt und wusste einfach nicht, in welchem vermeintlich pathologischen Zustand sie sich befand.

Diese Seele war in ihrem letzten Erdenleben als Marion Potofski inkarniert. Frau Potofski war eine recht anerkannte Astrophysikerin. Sie war das, was man wohl einen waschechten »Materialisten« nennt. Für sie existierte nur das, was sie mit ihren Sinnen oder ihren Messinstrumenten wahrnehmen, beobachten und studieren konnte. In den Sternen und Planeten, denen ihr berufliches Interesse galt, vermochte sie nichts anderes als wesenlose Körper zu sehen, die vor Milliarden von Jahren durch einen Zufall entstanden wären.

Ihren Ehemann, einen tiefgläubigen und sehr spirituell orientierten Grundschullehrer, verspottete sie oft mit Bemerkungen wie etwa: »Wenn es deinen Gott und deine Engel wirklich gäbe, so hätten die Astronauten sie schon längst irgendwo im Weltraum angetroffen.«

Herrn Potofski gelang es nie, ihr klarzumachen, dass man geistige Wesen nicht mit physischen Sinnen wahrnehmen, dass man sie nur an ihren Offenbarungen erkennen oder zumindest erahnen könne. Die Tatsache, dass es hellsichtige Menschen gibt, die über höhere Organe verfügen, die sie begaben, Geistiges wahrnehmen zu können, hielt seine Frau für einen Irrwahn.

Konsequenterweise glaubte Frau Potofski auch nicht an ein Leben nach dem Tod. »Wenn ich sterbe, ist es vorbei mit meiner Existenz. Aus die Maus! So einfach ist das!«, lautete ihr Narrativ. Selbst die Pflege der Gräber ihrer Eltern und Schwiegereltern hielt sie für Geld- und Zeitverschwendung.

Nun war sie also gestorben. Da sie völlig davon überzeugt war, dass ihre Existenz durch den Tod ausgelöscht werde, konnte sie überhaupt nicht realisieren, was geschehen war und wo sie sich jetzt befand. Es dauerte eine ganze Weile, bis ihr bewusst wurde, dass sie noch sehr wohl *lebt*, nur nicht mehr in einem Erdenleib.

Dann trat ihr Engel an ihre Seele heran. Die Strahlkraft des Engels blendete sie, so dass sie eine Zeit lang benötigte, um dieses überaus helle Licht ertragen zu können. Da die Seele im Erdendasein die Existenz von Engeln für einen Unsinn gehalten hatte, kam ihr jetzt gar nicht erst der Gedanke, dass es sich um die Anwesenheit eines Engels handeln könnte. Sie glaubte vielmehr, dass sie es nur mit einer wesenlosen Energieanballung zu tun hätte.

Auch viele Seelen der Verstorbenen aus Frau Potofskis Lebensumfeld, die schon vor ihr über die Todesschwelle geschritten waren und nun an ihre Seele herantraten, konnte sie zwar wahrnehmen, aber nicht als solche erkennen. Sie verstand nicht, was diese von ihr wollten, wie diese ihr helfen wollten.

In der Welt, in der die Seele, die im Erdenleben als Marion Potofski auf der Erde weilte, sich nun befand, war alles so gänzlich anders, so überraschend anders als alles, was sie von der Erdenwelt kannte und noch in der Erinnerung behalten hatte.

Die Seele kam mit diesen Verhältnissen nicht zurecht. Vieles blieb für sie finster und stumm. Das führte schließlich dazu, dass sie von starker Angst ergriffen wurde. Sie wollte der Geisteswelt fliehen. »Ich muss hier weg! Ich will mein Leben wieder!«, dachte sie und versuchte sich ganz in der Nähe der Erdenwelt aufzuhalten.

In ihrer Verzweiflung bemühte sie sich, in ihren Leichnam, der bereits der Erde übergeben worden war, hineinzukriechen und diesen gewissermaßen wieder zu beleben, was ihr natürlich nicht gelingen konnte. Dann begab sie sich ins Haus ihrer Familie, in dem sie tagelang herumspukte und für einige sonderbare Phänomene sorgte.

Die Seele hatte das große Glück, dass Herr Potofski sich schon seit Jahren mit spirituellen Themen befasst hatte. Da er auch vieles über das Leben des Menschen nach dem Tod in geisteswissenschaftlichen Büchern studiert und verinnerlicht hatte, war ihm klar, dass seine Frau, die sich im Leben als krasser Materialist erwiesen hatte, nun in der ersten Zeit nach dem Übergang sehr schlimme Erfahrungen machen müsse und mit dem neuen Leben nicht zurechtkommen werde.

Er wusste auch, dass und wie man ihr von der Erde aus helfen konnte.

Von nun an feierte er an nahezu jedem Abend in seiner Wohnstube eine Andachtsfeier für seine verstorbene Frau.

Er stellte ein Foto von ihr auf den Tisch und entzündete eine Kerze. Dann sprach er zunächst ein Vaterunser. Anschließend versuchte er, sich so intensiv und liebevoll wie möglich auf seine Frau zu konzentrieren und einzustimmen. Er wusste, dass das nötig war, damit ihre Seele ihn finden kann. Herr Potofski visualisierte das Antlitz seiner Frau, ihre Mimik sowie solche Gesten, die für sie charakteristisch waren. Manchmal machte er auch ihr Lachen, den Klang ihrer Stimme und für sie typische Formulierungen in sich rege. Bisweilen rief er sich gemeinsame Erlebnisse oder Gespräche in Erinnerung. Er stellte sich alles so konkret und lebendig wie möglich im Bilde vor.

Nun konnte er ziemlich sicher sein, dass die Seele seiner Frau bei ihm war und das, was er sagte oder dachte, mitbekommen werde. An den ersten Tagen erzählte er der Seele einfach, dass sie gestorben war und sich nicht fürchten müsse. Er wählte in etwa die Worte, die er von Mal zu Mal etwas modifizierte: »Du bist jetzt gestorben und lebst nun in einer anderen Daseinssphäre. Du kannst von deinem Leib loslassen und dich ohne jedwede körperliche Einschränkung frei fühlen. Wenn du dich umschaust, wirst du andere geistige Wesen wahrnehmen, deinen Engel und die Seelen der verstorbenen Menschen aus deinem Schicksalskreis. – Du musst auch nicht traurig sein, dass ich jetzt nicht unmittelbar bei dir sein kann. Wenn ich eines Tages ebenfalls gestorben sein werde, werden wir wieder vereint sein.«

In der Tat bekam die Seele seiner Frau das mit. Da Herr Potofski alles, was er sagte, mit innigen Gedanken und Gefühlen durchpulste, konnte sie auch verstehen, was ihr mitgeteilt wurde.

So gelang es der Seele langsam und allmählich zu verstehen und zu akzeptieren, dass sie zwar gestorben war, aber dennoch lebte. Nun konnte sie auch einen leichteren Zugang zu den übrigen Menschenseelen finden, die immer in ihrer Nähe waren. »Aber wo sind die Engel? Ob dieses hell strahlende Etwas wohl ein Engel war?«, dachte sie. Da ihr mittlerweile klar war, dass es wohl doch so etwas wie ein Leben nach dem Tod geben müsse, wollte sie auch die Existenz von Engeln nicht mehr ganz ausschließen.

In diesem Augenblick kam ihr persönlicher Engel auf sie zu und sprach: »Geliebte Seele! Ja, ich bin ein Engel, dein Engel. Du hast in deinem Erdenleben nie an mich geglaubt. Trotzdem war ich immer bei dir und habe dir so manches Mal geholfen, was du aber nie bemerkt hast. Auch hast du nie daran geglaubt, dass es geistige Welten gibt, in denen Menschen nach dem Tod weiterleben. Daher wird es noch eine ganze Zeit dauern, bis du dich hier zurechtfinden und alles verstehen kannst. Das darfst du nicht als Strafe auffassen! Es ist vielmehr die Folge davon, dass du dir in deinem Erdendasein nie Vorstellungen über geistige Welten und Wesen gebildet hast.«

Die Seele fragte zitternd: »Wie geht es denn jetzt mit mir weiter? Es ist hier alles so fürchterlich fremd und unverständlich?«

»Du hast das große Glück, dass auf der Erde ein lieber Mensch lebt, der regelmäßig deiner gedenkt und dir gute Gedanken schenkt. Er wird dich ein wenig darüber unterrichten, was für dich wichtig zu wissen ist, um dich hier richtig einleben zu können. Auch ich werde immer an deiner Seite sein und dir beistehen.«

Herrn Potofski war bekannt, dass die noch Lebenden einen viel größeren Einfluss auf die Seelen, denen es schwer fällt, sich von der Erdenwelt zu lösen, ausüben können, als es Seelen anderer Verstorbener möglich ist. Insbesondere wusste er, dass es für alle Seelen, die in den übersinnlichen Welten weilen, eine große Hilfe ist, wenn man ihnen etwas über geistige Welten, Wesen und Tatsachen *vorliest*.

Daher machte er es sich von nun an zur Aufgabe, in jeder Andachtsfeier etwas aus dem Neuen Testament und insbesondere aus geisteswissenschaftlichen Büchern vorzulesen.

Da Herr Potofski sich vorher in der beschriebenen Weise immer sehr gut auf die Seele seiner Frau einstimmte, konnte diese ihn finden. Das Vorgelesene wurde für sie zu einem großen Labsal, zu einer geistigen Nahrung.

Auch ihr Engel war immer dabei, wenn sie dem, was ihr Mann vorlas, lauschte. Selbst viele andere Seelen schlossen sich diesen Lesungen an, die für sie nicht weniger wohltuend waren.

So dauerte es jetzt nach der üblichen irdischen Zeitrechnung nur noch ein paar Monate, bis die Seele, die in ihrem letzten Erdenleben als Marion Potofski auf der Erde wandelte, so viel Verständnis gewonnen hatte, dass sie mehr und mehr von dem begreifen konnte, was sie jetzt ganz real erlebte. Ihre Furcht vor der völlig fremden Welt löste sich auf, da diese Welt ihr jetzt immer vertrauter wurde und sie sich immer besser in ihr orientieren und zurechtfinden konnte.

Die Nachricht aus dem Jenseits

Die beiden Mittsechzigerinnen Almut und Gerlinde waren nicht nur Halbschwestern, sondern auch beste Freundinnen. Seit sie verwitwet waren, verbrachten sie besonders viel Zeit miteinander.

Da sie jetzt doch schon ein gewisses Alter erreicht hatten, unterhielten sie sich häufig über den Tod und das Leben danach.

Beide hatten nicht den geringsten Zweifel daran, dass es ein Leben nach dem Tod gibt. Nur konnten sie keine Klarheit darüber gewinnen, wie man sich ein solches leibfreies Leben vorstellen könne. Immer wieder tauschten sie ihre Ansichten darüber aus.

Als recht gute Katholikinnen teilten sie die Meinung ihrer Kirche, dass man nach dem Tod von drei Möglichkeiten bzw. Seinssphären ausgehen müsse: Himmel, Hölle und Fegefeuer.

»Falls es wirklich so etwas wie eine Hölle geben sollte, wird sie uns wohl erspart bleiben, da wir doch einigermaßen anständige und gläubige Menschen sind«, waren sie sich einig. Freilich waren sie selbstkritisch genug, um einzusehen, dass sie gewiss eine Zeit lang im Fegefeuer verweilen müssen. Im Mittelpunkt ihres Interesses und ihrer Gespräche stand meistens jedoch das Leben im Himmel.

Als sie wieder einmal beisammen saßen, unterhielten sie sich über ihre Vorstellungen, welche sie mit dem Himmel und insbesondere dem Leben der Verstorbenen in dieser Daseinssphäre verbanden. Almut meinte: »Also, ich bin der Meinung, dass man sich das, solange man noch auf der Erde lebt, gar nicht richtig vorstellen kann. Ich begnüge mich mit der Hoffnung, dass ich in den Himmel kommen werde und dass das Leben dort sehr schön und friedlich ist.«

»Ich habe da mittlerweile schon recht konkrete Vorstellungen«, entgegnete Gerlinde. »Ich stelle mir den Himmel wie so eine Art Paradies vor. Die Seelen der Verstorbenen sind mit lichten weißen

Gewändern bekleidet. In ihrer Nähe sind die Engel und alle Heiligen. Alle leben in trauter Eintracht mit den Wesen der Tierwelt. Es gibt saftig grüne Wiesen, prachtvolle Gärten, Quellen, Flüsse, Berge und Seen. Es ist eine wunderschöne Landschaft, wie es sie auf der Erde nirgends gibt.«

»Und was machen die Menschenseelen da den ganzen lieben langen Tag?«, fragte Almut etwas verwundert.

»Nun, sie laben sich an den Früchten der Gärten, erfrischen sich an dem Quellwasser, feiern mit den anderen Seelen und loben und preisen ihren Schöpfer.«

»Das wäre aber doch irgendwann sehr langweilig, wenn die Seelen nichts zu tun hätten!«, warf Almut ein.

»Nein, das sehe ich nicht so! Wann immer wir einen schönen Urlaub gemacht haben, so wäre es uns doch auch jedes Mal lieber gewesen, wenn dieser nie geendet hätte.«

»Also, ich finde, dass ein solches Leben im Himmel, wie es dir vorschwebt, früher oder später sehr langweilig werden würde. Da wäre es mir viel lieber, wenn es da etwas zu tun gäbe. Ein solches Leben, wie es dir erstrebenswert erscheint, würde mich eher abstoßen.«

Gerlinde sah ein, dass sie ihre Schwester nicht von ihrer Vorstellung überzeugen konnte. So sagte sie:»Ich habe eine Idee! Diejenige von uns, die zuerst stirbt, wird ja sehen, ob ich recht hatte. Sie könnte versuchen, der anderen eine Nachricht zu schicken, indem sie ihr zum Beispiel im Traum erscheint und mitteilt, ob das mit dem Paradies stimmt oder nicht. «

»Ich weiß zwar nicht, ob es für einen Verstorbenen so leicht ist, einem Lebenden im Traum zu erscheinen und ihm etwas mitzuteilen, aber es ist eine gute Idee. So machen wir das!«, stimmte Almut zu.

Wenige Wochen nach diesem Gespräch ging Gerlinde über die Schwelle des Todes. Almut war sehr, sehr traurig, aber auch schon sehr gespannt auf ihre Träume in der Folgezeit.

Es vergingen Wochen, es vergingen Monate. Vergeblich wartete Almut auf eine Nachricht ihrer verstorbenen Schwester. »Das war wohl doch eine Schnapsidee! Wie sollte sich ein Verstorbener einem Lebenden bemerkbar machen?«, dachte sie und verwarf den gemeinsam gefassten Plan.

Gerlindes Seele hatte sich mittlerweile ganz gut in das nachtodliche Leben eingewöhnt. Alles, was sie bisher erlebt und erfahren hatte, hatte jedoch mit einem Leben im Himmel oder gar in einer paradiesischen Welt nicht das Geringste zu tun.

Da Gerlinde auch recht Leidvolles durchmachen musste, war sie sich sicher, im Fegefeuer zu sein. »Wenn diese Phase vorüber ist, werde ich gewiss in den Himmel kommen. Dann kann ich meiner Schwester eine Nachricht senden, ob es dort wirklich so ist, wie ich es geglaubt habe«, dachte sie.

Eines Tages bemerkte Gerlindes Seele, dass diese unangenehmen und bisweilen qualvollen Zustände aufhörten und dass sich ihr ein anderes Bewusstsein und eine andere Wahrnehmungsfähigkeit erschlossen.

Sie hatte sofort das Gefühl, jetzt in einer ganz anderen Region, in einer ganz anderen Phase ihres nachtodlichen Lebens angekommen zu sein.

Und sie konnte es erst gar nicht fassen! Sie befand sich nun in einer Umgebung, die tatsächlich einem Paradies, wie sie sich das vorgestellt hatte, glich! Dort waren saftig grüne Wiesen, prächtige Gärten, Quellen, Flüsse, Berge und Seen. In den Gärten gediehen die herrlichsten Früchte und das Wasser der Quellen war ungleich erfrischender als jedes irdische Wasser. Die Seelen aller Verstorbenen trugen weiße Gewänder und es herrschte größtmögliche Eintracht unter allen Wesen. Gerlinde war ganz glücklich und auch ein wenig stolz, dass ihre Vorstellungen, die sie sich zu Lebzeiten über die Himmelswelt gebildet hatte, den Tatsachen entsprachen.

Sie genoss dieses neue Leben in vollen Zügen und war geradezu selig.

Dann kam ihr ihre Schwester Almut in den Sinn. »Ich muss ihr unbedingt mitteilen, dass es im Himmel wirklich ganz genau so ist, wie ich mir das vorgestellt habe.«

Wenn ein Erdenmensch schläft, so ist es für einen sogenannten »Toten« besonders leicht, an ihn heranzukommen. Gerlinde wartete Tag für Tag ab, bis ihre Schwester in Schlaf gesunken war. Aber es gelang ihr nicht, so in ihre Träume hineinzuwirken, dass sie es hätte bemerken können.

Schließlich gab sie den Versuch, ihrer Schwester eine Nachricht zu übermitteln, enttäuscht auf. »Wenn Almut bald auch hier sein wird, wird sie ja sehen, dass ich richtig lag«, vertröstete sie sich und genoss weiterhin das paradiesische Leben.

So angenehm ihre Erlebnisse in dieser Seinssphäre auch waren, gab es doch eine Schattenseite. Während sie sich noch im Fegefeuer wähnte, war sie oft mit zahlreichen anderen Seelen, die sie aus dem gemeinsamen Erdenleben kannte, beieinander. Nun waren die meisten für sie nicht mehr wahrnehmbar. Sie bedauerte es ein wenig und dachte: »Vermutlich sind die immer noch im Fegefeuer. In der Hölle werden sie ja wohl nicht sein, oder?!«

Es ist schwer zu sagen, ob nach der üblichen irdischen Zeitrechnung Wochen, Monate oder gar Jahre vergangen waren, als Gerlindes Seele langsam dämmerte, dass dieses paradiesische Leben wohl doch nicht so erstrebenswert ist, wie es ihr bisher erschien. Insbesondere vermisste sie, etwas tun, etwas leisten zu können. Auch das Zusammensein mit anderen Seelen, die sie im Erdenleben gut kannte, fehlte ihr sehr.

Kurz danach hatte sie plötzlich das Gefühl, wie wenn der Boden des Paradieses unter ihren Füßen weggezogen würde. Sie befand sich jetzt auf einer ganz anderen Ebene des Daseins. »Hat Gott mich jetzt wie einst Adam und Eva aus dem Paradies vertrieben?«, kam ihr in den Sinn.

Fast im gleichen Augenblick trat ein hell leuchtendes Engelwesen, das ihre Gedanken natürlich durchschaute, an sie heran und sprach: »Du irrst dich, liebe Seele! Es ist nicht so, wie du glaubst.« Gerlinde war fast überwältigt von der unfassbaren Strahlkraft dieses göttlichen Wesens und lauschte andächtig und ehrfürchtig seinen Worten.

Der Engel sprach ganz ruhig und mit heiligem Ernst :»Höre mir bitte gut zu! Das, was ich dir jetzt offenbaren werde, ist vielleicht nicht ganz leicht zu verstehen, weil es für dich sehr überraschend sein mag. Also, es gibt *drei* Möglichkeiten, wie sich ein Erdenmensch auf das nachtodliche Leben vorbereiten kann.

Die erste Möglichkeit, die heute leider die weitaus meisten Menschen wählen, besteht darin, dass man sich überhaupt *nicht* vorbereitet. Entweder glaubt man, es gäbe kein Leben nach dem Tod oder aber man bewegt niemals in seinen Gedanken, wie ein solches leibbefreites Leben verläuft. Diese Menschen werden, wenn sie gestorben sind, lange Zeit sehr verwirrt sein und nichts verstehen. Die Geisteswelt bleibt für sie zunächst finster und stumm. Es kann sein, dass sie furchterfüllt herumirren und einfach nicht wissen, wo sie sind und um was es da geht.

Die zweite Möglichkeit ist, dass man sich ganz intensive Vorstellungen bildet, die aber an den Tatsachen *völlig* vorbeigehen. So war es bei dir! Du hast geglaubt, dass du nach dem Tod in einer Welt leben wirst, die einem irdischen Paradies ähnelt. Was mit diesen Seelen dann geschieht, hast du ja erfahren. Nach einer gewissen Zeit werden sich diese in einer Seinssphäre befinden, die diesen falschen Vorstellungen entspricht. Wie du jetzt weißt, kann man ein solches Leben eine Zeit lang als sehr beseligend empfinden. Aber irgendwann bemerkt die Seele, dass dieses Erleben sie nicht weiterbringt und eigentlich null und nichtig ist. Auch hierbei handelt es sich wie bei allem, was eine Seele in der Region, die du immer als Fegefeuer bezeichnet hast, erlebt, um eine Läuterung.

Du hast auch diese Läuterung vollzogen und kannst dich nun ganz dem rechtmäßigen Leben in den übersinnlichen Welten zuwenden.«

»Was ist denn dann die dritte Möglichkeit, die ja wohl die beste sein dürfte?«, wollte Gerlinde wissen.

»Diese wünschenswerte Möglichkeit wird heute leider nur von wenigen Menschen ergriffen. Sie besteht darin, dass man sich beispielsweise durch das Studium geisteswissenschaftlicher Bücher gewisse Erkenntnisse über das Leben nach dem Tod erwirbt. Zu allen Zeiten gab und gibt es hellsichtige Führer der Menschheit, die über die Erlebnisse und Erfahrungen, die auf eine Seele nach dem Tod zukommen, lehren. Ein Mensch, der sich auf diese Weise ein Wissen angeeignet hat, wird das meiste von dem, was nach seinem Schwellenübertritt auf ihn zukommt, verstehen und richtig einordnen. Auch wird er es begreifen und ertragen, wenn ihn das eine oder andere, was er als leidvoll empfindet, erwartet. Es kommt dabei gar nicht einmal so sehr darauf an, dass *alle* Vorstellungen, die man sich im Erdenleben über die höheren Welten und das Leben, das sich dort entfaltet, macht, *völlig* mit den Tatsachen übereinstimmen. Die Vorstellungen, die nicht ganz richtig waren, werden sich dann durch das konkret Erlebte korrigieren.

Ich möchte dir das anhand eines ganz einfachen Beispiels verdeutlichen: Wenn ein Erdenmensch plant, ein fernes, exotisches, ihm unbekanntes Land zu bereisen, so wird er sich auf diese Reise über Monate gezielt vorbereiten. Er wird Reiseführer lesen und vielleicht mit Menschen sprechen, die dieses Land bereits kennen. Auf diese Weise ist es ihm durchaus möglich, schon vor Reiseantritt recht genaue Vorstellungen über das ferne Land zu gewinnen. Wenn er dann dort angekommen ist, so wird seine sorgfältige Vorbereitung ihm helfen, sich orientieren und einleben zu können. Alles, was er dann wahrnehmen und erleben wird, kann er mit seinen Vorstellungen vergleichen, die er sich vorher gebildet hat. In den meisten Fällen wird er seine Wahrnehmungen und Erlebnisse nun richtig einordnen können, weil sie sich mit diesen Vorstellungen decken. In einigen Fällen wird sich erweisen, dass die eine oder andere Vorstellung nicht ganz mit dem übereinstimmt, was er nun real erfährt. Diese Vorstellung korrigiert sich nun durch die konkrete Erfahrung aber von selbst.

Also, das Licht, das euch die Welt, in die ihr nach dem Tod aufgenommen werdet, beleuchten kann, müsst ihr schon im Erdenleben entzünden!«

Gerlindes Seele dankte dem Engel und begriff, was er ihr mitteilen wollte.

Dann kam ihr wieder ihre Schwester Almut in den Sinn, die noch immer auf der Erde lebte. »Ich muss jetzt mit aller Kraft versuchen, in ihre Träume hineinzuwirken. Ich muss ihr unbedingt mitteilen, dass ich *nicht* recht hatte. Das sinnlose Leben in diesem Paradies soll ihr erspart bleiben. Auch muss ich ihr unbedingt empfehlen, bestimmte Bücher zu lesen, in denen das nachtodliche Leben aus geisteswissenschaftlicher Sicht beschrieben wird.«

In der Tat hatte Gerlindes Vorhaben gefruchtet. Eines Morgens wachte ihre Schwester auf und konnte sich noch äußerst lebhaft an einen Traum erinnern, den sie wenige Augenblicke vorher hatte. In diesem Traum sah sie, wie ihre Schwester, die genau so ausschaute wie in ihren letzten Lebensjahren, ihr langsamen Schrittes entgegenkam. Ihre Schwester schien ihr etwas sagen zu wollen. Aber Almut konnte es nicht verstehen. Dann sah sie, wie Gerlinde in diesem Traum heftig mit dem Kopf schüttelte.

Das war für Almut ein klares Zeichen. Sie war sich sicher, dass ihre Schwester ihr mitteilen wollte, dass deren Vorstellungen über das nachtodliche Leben nicht richtig waren.

Dann sah sie in diesem Traum noch, wie ihre Schwester ein Buch, das ihr bekannt erschien, in der Hand hielt.

Man darf hoffen, dass Almut auch diese Botschaft verstanden hat...

Anhang: Zitate zum Thema »Sterben und Tod«

*Der Tod ist schrecklich oder kann wenigstens
schrecklich sein für den Menschen,
solange er im Leben weilt.
Wenn der Mensch aber durch
die Pforte des Todes gegangen ist
und zurückblickt auf den Tod,
so ist der Tod das schönste Erlebnis,
das überhaupt im menschlichen Kosmos möglich ist.*

Rudolf Steiner (GA 157, S. 188)

*Denn wenn der Tod auch Vernichtung ist,
angesehen von dieser physischen Seite des Lebens,
so ist er das Herrlichste, das Größte, das Schönste, das
Erhabenste, was immerfort gesehen werden kann
von der anderen Seite des Lebens aus.
Da bezeugt er fortwährend den Sieg
des Geistes über die Materie,
die selbstschöpferische Lebenskraft des Geistes.
In diesem Erfühlen der selbstschöpferischen Lebenskraft
des Geistes ist das Ich-Bewußtsein
vorhanden in den geistigen Welten.*

Rudolf Steiner (GA 174b, S. 99)

*Erkennet die geistige Welt!
Denn unter dem vielen,
was dadurch wird für die Menschen,
ist auch dieses,
daß eine Einheit bilden können
die Toten und die Lebendigen.*

Rudolf Steiner (*Der Tod – die andere Seite des Lebens*, Sonderausgabe, S. 9)

Und so lang du das nicht hast,
Dieses: stirb und werde,
bist du nur ein trüber Gast
auf der dunklen Erde.

Johann Wolfgang von Goethe

Des Menschen Seele
Gleicht dem Wasser:
Vom Himmel kommt es,
Zum Himmel steigt es,
Und wieder nieder
Zur Erde muss es,
Ewig wechselnd.

Johann Wolfgang von Goethe

Wer weiß denn,
ob das Leben nicht Totsein ist
und das Totsein Leben?

Euripides

Die Ursache aller Dinge ist der Geist.
Er bringt einen Körper hervor,
durch den er seine Wunder vollführt.
Ist der Körper zerstört,
schafft sich der Geist einen neuen Körper,
der ähnliche oder höhere Eigenschaften hat.

Paracelsus

Was die Raupe Ende nennt,
nennt der Rest der Welt Schmetterling.

Laotse

Fürchte dich nicht,
ermutigt der Engel,
ziehe mir nach,
laß dich durchleuchten,
kehre lichter zur Erde zurück,
stirb und werde wieder geboren,
bis das Vergehen
in Liebe verwandelt ist.

Albert Steffen

Das Nahen des Todes und auch der Tod selbst,
die Auflösung des physischen Körpers,
sind immer eine große Möglichkeit
für spirituelles Erwachen.

Leider wird diese Chance
in den meisten Fällen verpasst,
weil wir in einer Kultur leben,
die vom Tod fast kein Verständnis hat.

Eckhart Tolle

Ich kann nie aufhören zu wirken
und mithin nie aufhören zu sein.
Das, was man Tod nennt,
kann mein Werk nicht abbrechen,
denn mein Werk soll vollendet werden,
mithin ist meinem Dasein keine Zeit bestimmt
– und ich bin ewig.

Johann Gottlieb Fichte

Sterbegebet

O mein Herr und mein Gott!
In Deine Hände befehle ich meinen Geist.

Der Du mich durch dieses Erdenleben getragen,
der Du Deinen Engel als Führergenius mir gabst,
der mich von Kindesbeinen an durch alle
Schicksalsprüfungen dieses Lebens geführt.

Heiliger Engel, breite Deine schützenden Schwingen
in dieser Stunde über mich.
Führe mich zu Christus,
meinem göttlichen Führer.

Christus lebe in mir,
Christus walte in mir.
Christus trage mein Ich
sicher über die Todesschwelle
in den Sternenraum,
dass meine Seele ihren Sternenort finde,
den Gott für sie bereitet hat.

Deine Liebe, o Gott,
hülle ihre schützenden Schwingen
um meine Seele
und führe mich in das Licht
zu meinem Gottesstern.

In Christus befehle ich meinen Geist,
jetzt und in Ewigkeit.

Amen

(entnommen aus dem Buch *»Begegnungen mit dem Tod – Geschichten von Sterben, Tod und Abschiednehmen«* von Gudrun Stoewer, Verlag am Goetheanum, 1998) Der Verfasser des Gebetes ist nicht bekannt.

Buchempfehlungen

Glaubt ihr etwa, wir wären tot?!

Die 7 größten Irrtümer über das Leben der sogenannten »Toten«

(Sachbuch)

© Justen, Josef F. (2021)

BoD-Books on Demand, Norderstedt

ISBN: 978-3-7557-0171-2

Paperback; 180 Seiten (14,8 × 21 cm); 12,99 €

Beschreibung

Es gehört zu den größten Verirrungen unseres heutigen materialistischen Zeitalters zu glauben, dass die menschliche Existenz durch den Tod ausgelöscht wird. Nur gut die Hälfte der Deutschen geht davon aus – oder hofft zumindest –, dass es ein Leben nach dem Tod gibt.

Allerdings sind die Vorstellungen, welche die meisten sich über das nachtodliche Leben bilden, völlig unzureichend und zumeist sehr naiv. Insbesondere glaubt man, dass die sogenannten »Toten« kein Interesse mehr an ihren Hinterbliebenen hätten und dass sie nicht ihrer Hilfe bedürften.

Es ist für die Menschen, die durch die Pforte des Todes geschritten sind, äußerst bedrückend, wenn sie erkennen müssen, dass ihre Lieben nicht mehr ganz real mit ihrer Existenz rechnen. Wäre es ihnen möglich, in einer Sprache zu reden, die an unser Ohr dringen kann, so würden sie uns zurufen:

>>Hallo! Glaubt ihr etwa, wir wären tot?!
Helft uns, so wie wir euch auch helfen!<<

Die Darstellungen in diesem Buch können dazu beitragen, eine Brücke zwischen den Lebenden und den sogenannten Toten zu bauen.

* * * * * * * * * * * * * * * *

Auf den folgenden Seiten erlauben wir uns,
Ihnen ein paar weitere spirituelle Bücher
aus der Feder von Josef F. Justen
(Sachbücher, Erzählungen, Biografien und Kurzgeschichten)
zu empfehlen.

Spirituelle Sachbücher

Das Götterprojekt »Mensch«

Entstehung, Wesen und Ziel des Menschen

Einführung in die grundlegenden Erkenntnisse der Anthroposophie Rudolf Steiners

© Justen, Josef F. (2021)
BoD-Books on Demand, Norderstedt
ISBN: 978-3-7534-6343-8
Hardcover; 632 Seiten (17 × 22 cm); 28,99 €

Die spirituelle Seite des Todes

Christus-Impuls, Reinkarnation, Leben nach dem Tod und Sinn des Lebens

© Justen, Josef F. (2019)
BoD-Books on Demand, Norderstedt
ISBN: 978-3-7322-8495-5
Hardcover; 444 Seiten (14,8 × 21 cm); 21,99 €

Glaubt ihr etwa, wir wären tot?!

Die 7 größten Irrtümer über das Leben der sogenannten »Toten«

© Justen, Josef F. (2021)
BoD-Books on Demand, Norderstedt
ISBN: 978-3-7557-0171-2
Paperback; 180 Seiten (14,8 × 21 cm); 12,99 €

Vorankündigung

erscheint
voraussichtlich
Anfang 2022

Man lebt *nicht* nur einmal

**Was heute jeder über Reinkarnation
und Karma wissen muss**

© Justen, Josef F.

Im Himmel herrscht Hochbetrieb

**Wesen und Aufgaben der Engel
und ihre Bedeutung für den Menschen**

© Justen, Josef F. (2021)
BoD-Books on Demand, Norderstedt
ISBN: 978-3-7526-2891-3
Paperback; 188 Seiten (14,8 × 21 cm); 9,99 €

**Das Christus-Mysterium und die
Mission des Jesus von Nazareth**

**Bausteine zum Verständnis
des Wesens und Wirkens Christi**

© Justen, Josef F. (2020)
BoD-Books on Demand, Norderstedt
ISBN: 978-3-7519-9978-6
Hardcover; 244 Seiten (14,8 × 21 cm); 19,99 €

Die zwei Jesusknaben
und ihr Heranreifen
zum Christus-Träger

© Justen, Josef F. (2020)
BoD-Books on Demand, Norderstedt
ISBN: 978-3-7526-2745-9
Paperback; 80 Seiten (13,5 × 21,5 cm); 7,99 €

Spirituelle Erzählungen

Spirituelle Begleitung
an der Schwelle des Todes

Eine Hospizhelferin erzählt von
ihren Sterbebegleitungen

© Justen, Josef F. (2020)
BoD-Books on Demand, Norderstedt
ISBN: 978-3-7504-3590-2
Hardcover; 268 Seiten (14,8 × 21 cm); 19,99 €

Eine Seele erzählt aus dem Jenseits

Eine spirituelle Biografie

© Justen, Josef F. (2019)
BoD-Books on Demand, Norderstedt
ISBN: 978-3-7347-6045-7
Paperback; 176 Seiten (13,5 × 21,5 cm); 7,99 €

Mein Engel hat mich gerettet

Gespräche mit meinem Schutzengel

© Justen, Josef F. (2020)
BoD-Books on Demand, Norderstedt
ISBN: 978-3-7504-9439-8
Paperback; 140 Seiten (13,5 × 21,5 cm); 6,99 €

Zeitreise durch meine früheren Erdenleben

Wie ich mein jetziges Leben verstehen lernte

© Justen, Josef F. (2021)
BoD-Books on Demand, Norderstedt
ISBN: 978-3-7534-9041-1
Paperback; 120 Seiten (13,5 × 21,5 cm); 7,99 €

Der vorgeburtliche Entschluss

Wie zwei Seelen sich im Erdenleben wiederfanden

© Justen, Josef F. (2021)
BoD-Books on Demand, Norderstedt
ISBN: 978-3-7534-4170-2
Paperback; 56 Seiten (12 × 19 cm); 5,99 €

Die vielen Leben des Peter Bröske –
Die Scheidewege des Lebens

Eine ganz außergewöhnliche Biografie

© Justen, Josef F. (2021)
BoD-Books on Demand, Norderstedt
ISBN: 978-3-7534-5161-6
Paperback; 176 Seiten (14,8 × 21 cm); 9,99 €

Sterbebegleitung
mit Rollentausch

Erzählung

© Justen, Josef F. (2019)
BoD-Books on Demand, Norderstedt
ISBN: 978-3-7519-5811-0
Paperback; 84 Seiten (12 × 19 cm); 5,99 €

Abschiedsbriefe
eines Sterbenden

Versöhnung mit der eigenen Biografie

© Justen, Josef F. (2020)
BoD-Books on Demand, Norderstedt
ISBN: 978-3-7504-5189-6
Paperback; 72 Seiten (12 × 19 cm); 4,99 €

Spirituelle Kurzgeschichten

Geschichten über Gott, Engel und Menschen

tiefsinnige Kurzgeschichten (2 Bände)

© Justen, Josef F. (2019)
BoD-Books on Demand, Norderstedt
ISBN: 978-3-7494-2927-1 (Band 1)
ISBN: 978-3-7494-7194-2 (Band 2)
Paperback; jeweils 104 Seiten (12 × 19 cm);
jeweils 5,99 €

Das Leben erzählt die schönsten, aber auch die unglaublichsten Geschichten

tiefsinnige und spannende Kurzgeschichten für jedermann

© Justen, Josef F. (2021)
BoD-Books on Demand, Norderstedt
ISBN: 978-3-7543-4638-9
Paperback; 128 Seiten (12 × 19 cm); 8,99 €

Alle Bücher sind auch als eBook erhältlich.

**Umfassende Informationen zu allen Büchern
mit ausführlichen Leseproben
finden Sie auf der offiziellen Autoren-Website:**

www.Justen-Buecher.com